Leo van der Weele

May

novum ◢ pro

Dit boek is ook als
e-book
verkrijgbaar.

www.novumpublishing.nl

© 2022 novum publishing

ISBN 978-3-99131-408-0
Geredigeerd door: Ine van Gerwe
Omslagfoto: Peter L. van der Weele
Ontwerp omslag, lay-out & typografie:
novum publishing

www.novumpublishing.nl

Climate neutral
Print product
ClimatePartner.com/16547-2201-1002

hoofdstuk 1

"Met May."

Herbert was even stil, overdonderd. 'Met May, wat onverwacht.'

"Hallo, wat leuk jou te horen, wat een verrassing. Hoe gaat het met je?" bracht hij er toch nog uit.

"Met mij gaat het goed. En met jou?"

'Wat een akelig stroef begin,' dacht Herbert. 'En dat na die fijne tijd met haar in Mexico. Ik moet dit afstandelijke doorbreken.' Maar het was lastig met Sanne aan zijn bureau. Die knikte begrijpend toen Herbert "Sorry" fluisterde.

"Moet je luisteren, May. Ik heb nu een klant, mag ik je zo terugbellen?"

"Natuurlijk, sorry dat ik stoor," antwoordde May, hoorbaar teleurgesteld.

"Nee, je stoort niet, maar je begrijpt: het werk gaat voor het meisje," zei Herbert nogal sullig.

Herbert moest even tot zichzelf komen. 'May aan de telefoon. Toch nog.' Hij had er naar verlangd dat ze zou bellen, maar had de hoop eigenlijk al opgegeven. Maar daar was ze, toch nog. Hun fijne tijd samen in Mexico kon dus een vervolg krijgen. Hopelijk.

Sanne, begrijpend, zei dat ze nu wel even genoeg wist en graag later terug zou komen. Dankbaar voor haar houding maakte Herbert meteen een nieuwe afspraak met haar.

"Daar ben ik weer, May, wat fijn je stem te horen. Ik hoorde maar niets van je en nu bel je. Hoe gaat het met je?"

"Ja goed hoor. En met jou? Maar ik bel met een reden," zei May aarzelend, duidelijk onzeker hoe ze het contact met hem weer moest opnemen. Moest ze zakelijk zijn, zijn hulp vragen voor haar onderzoek, zoals hij in Mexico had aangeboden? Of kon ze, zoals toen, het weer persoonlijk maken, wat ze eigenlijk graag wilde? Haar warme gevoelens voor Herbert waren na hun afscheid na terugkomst uit Mexico gebleven.

Herbert hoorde haar onzekerheid en nam haar twijfel weg.

"Jij belt vast om te praten over je onderzoek, zoals we toen hebben afgesproken. En dat kan natuurlijk gebeuren. Dat is mijn werk. Maar we hebben zoveel samen gehad in Mexico dat we het daar ook over moeten hebben, vind ik. En eerlijk gezegd, May, doe ik dat liever eerst. Dat onderzoek komt nog wel. Wat vind jij?"

"Ja, dat wil ik ook wel. Dat ik bel om te praten over mijn onderzoek is, eerlijk gezegd, best een excuus om ons contact te herstellen. Maar ik wil ook graag je advies over mijn onderzoek, hoor. Dat vind ik ook belangrijk."

"Natuurlijk, dat doe ik graag. Nu kunnen we een afspraak aan mijn bureau maken, maar kunnen we eerst ergens anders bijpraten? Zullen we dat laatste doen?"

"Ja, dat lijkt me fijn. Zullen we dan dus het meisje voor het werk laten gaan?"

"Dat doen we. We gaan gezellig uit eten. Bij de Mexicaan! Natuurlijk, in dat land hebben we elkaar ten slotte leren kennen. We maken nu direct een afspraak om dat heel gauw te doen."

May was best een beetje zenuwachtig. Vreemd eigenlijk, nadat ze in Mexico zo dicht bij elkaar stonden en zo intiem met elkaar hadden gepraat over hun leven, over hunzelf. Maar dat was alweer een paar maanden geleden. En hoe anders was het elkaar in Groningen te zien in plaats van in het toch nogal romantische Mexico? Haar gevoelens voor Herbert waren nog even warm, maar hoe waren die van hem voor haar? Door de telefoon klonk hij wel blij haar te horen. Hij had voor haar ook meteen zijn werkafspraak afgebroken. En hij wilde bijpraten. Maar hoe zou het zijn als ze weer bij elkaar zouden zijn? Konden ze de sfeer van toen terugvinden?

May trok een leuk jurkje aan, deed licht lippenstift op, wat rouge en oogschaduw; ze zag er mooi uit, vond ze zelf. En nu maar wachten op zijn komst.

Ook Herbert was wat nerveus. Hij had de afgelopen maanden vaak aan May gedacht, met heel warme gevoelens. En hij had het gevoel dat zij ook erg gesteld was op hem. Maar de realiteit was dat ze maandenlang geen enkel contact hadden gehad. En Groningen was geen Mexico. 'Hoe zou die andere omgeving inwerken op hun relatie?'

Hij trok een net jasje en broek aan, met een wit overhemd en een blauwe das. Hij moest om zichzelf lachen. Hij was gewoon nerveus als bij een eerste afspraak met een meisje.

Herbert pakte de auto, reed naar haar flat en belde aan. May deed direct open en hij was weer helemaal weg van haar. 'Wat zag ze er lief uit!' Ze groetten elkaar toch wat terughoudend met drie zoenen op de wang.

"Wat fijn je te zien, Herbert. Ik heb naar je verlangd, dat mag je best weten," zei May stralend.

Galant opende hij de deur van de auto voor haar.

"Je helpt me weer, net als in de trein naar Amsterdam, met mijn bagage. De geschiedenis herhaalt zich. Daarna raakten we elkaar kwijt tot in Oaxaca, weet je nog."

"Natuurlijk weet ik dat nog. Maar nu raken we elkaar niet meer kwijt, hoor," verzekerde Herbert haar.

Het was rustig in het restaurant. Op de achtergrond klonk Mariachi-muziek. Ze hadden een tafeltje in een verre hoek van het restaurant.

"Ik ben zo blij je te zien," zei May ontroerd, terwijl ze zijn hand streelde.

"En ik ben blij met jou. Waarom hebben we elkaar niet eerder opgezocht? Waarom toch? Maar eerst wat drinken. Margarita en tequila, zoals we in Mexico dronken. Grappig, van margarita had ik nog nooit gehoord en tequila kende ik alleen maar van naam. En nu is het ons drankje geworden."

Ze proostten, elkaar diep in de ogen kijkend.

"Daar zitten we dan, net als toen. Ik denk er vaak aan," zei May. "Daar in het hotel in Oaxaca. Ik kende niemand van het gezelschap en ging maar in een hoekje aan een leeg tafeltje zitten, om vooral niet op te vallen. En daar komt een man op mij af ..."

"En die man vroeg beleefd of hij bij jou mocht aanschuiven. Toch?"

"En toen kwam de herkenning van onze ontmoeting in de trein. Wat een verrassing over en weer, maar het klikte meteen. Misschien wel omdat we elkaar van de trein kenden. Nou ja, kennen?"

"En dat was het begin van een fijne week in Mexico. Eigenlijk erg toevallig dat we zo bij elkaar kwamen, May. Jij kwam in het reisgezelschap terecht doordat jouw reisgenote uitviel en het was toevallig dat ik de lege plek aan jouw tafeltje vond. Of viel je op omdat je niet wilde opvallen? Maar ik ben blij met zo'n toeval."

"Ik ben ook zo blij dat we hier zo zitten. Maar even serieus, ik voel me wel bezwaard dat ik je werkafspraak zo verstoord hebt. Wat zei die klant ervan? Was hij of zij niet gepikeerd?"

"Het was een zij. En ze voelde haarfijn aan dat dat telefoontje voor mij belangrijk was."

"Lief van haar. Was het een vertrouwde, oude bekende klant van je?"

"Nee, niet bepaald. Het was zelfs onze eerste ontmoeting. En we waren heel intensief zakelijk bezig."

"Nou, dat is dan extra lief, zo vol begrip. Wat kwam ze doen bij je?"

"Ze is een jonge arts, Sanne heet ze, en ze kwam advies vragen voor haar promotieonderzoek. Net als jij gaat doen! Maar nu genoeg over Sanne en over wie dan ook. Ik wil het over jou hebben. En over ons. Weet je, lieve May, weet je dat ik erg naar dit moment heb verlangd? Waarom was ik zo afwachtend, en deed ik niets, terwijl ik je toch zo graag weer wilde zien? Waarom was ik zo'n lummel het maar te laten?"

Ze zochten in de uitgebreide menukaart een typisch Mexicaans gerecht, namen nog een slokje en May reageerde op de spijtbetuiging van Herbert.

"Het ging mij eigenlijk precies zo. Wat bleef er over van wat we in Mexico samen hadden? Wat zou jij, terug in Groningen en weer aan het werk, ervan denken? Was wat wij hadden meer dan een oh zo aarzelende vakantieverliefdheid? Ja, verliefd was ik best, durf ik nu te bekennen," zei May blozend.

"Ja, ik ook. Des te erger dat ik als onnozele puber er niets mee heb gedaan. Het spijt me, May, heel erg."

"Er was trouwens nog wat waardoor ik geen contact met je zocht: ik werd ziek. Ik werd uitgebreid onderzocht, maar de artsen konden geen oorzaak van mijn klachten vinden. Was het iets dat ik in Mexico had opgelopen? Of, en daarvoor was ik het meest bang, was de kanker toch weer opgekomen? Ik was zo bang, Herbert. Dat hield me tegen contact te zoeken, hoewel ik veel aan je dacht, daar in dat ziekenhuisbed. Maar ik knapte op, net als met die leukemie die ik kreeg toen ik zestien was. Nu voel ik me weer helemaal in orde. Ik ben weer volledig aan het werk en heb ook weer de energie om mijn promotieonderzoek op te pakken. En dat was een goed excuus om jou te benaderen voor hulp bij de statistiek, die ik nodig zou hebben. Wat een mooie smoes, he?"

"Wat erg dat je ziek was en ik wist van niets! Had me maar gebeld, of geschreven, dan was ik zeker bij je gekomen. Maar zullen we nu maar ophouden met spijt te hebben dat we niets hebben gedaan en genieten dat we toch weer bij elkaar zijn. Dankzij jouw smoes! Laten we genieten van ons samenzijn en kijken of het gevoel van toen is gebleven?" stelde Herbert voor.

"Ja, laten we dat doen. Wat is er toch veel met mij gebeurd de laatste maanden. Ik werkte als longarts in opleiding. Ik had het erg druk, maar was zo gelukkig dat ik na jaren ziekte dokter had kunnen worden en me daarna zelfs kon specialiseren. Ik werkte hard en was ambitieus. Ik stelde mijn begeleiders voortdurend vragen om mij te ontwikkelen en ik viel blijkbaar op. Daardoor mocht ik een promotieonderzoek gaan doen. In dat kader deed ik een onderzoekje. En de manier waarop ik dat deed viel blijkbaar op. Daarom mocht ik naar dat congres in Mexico. Ik, pas beginnend in het vak, nog maar net in opleiding, mocht naar een internationaal congres! Wat was ik trots. En daar zat ik dan aan een tafeltje in de eetzaal van dat hotel in Oaxaca. Alleen. En toen kwam jij."

"Ja, ik, statisticus, was ook alleen, een vreemdeling in dat gezelschap van longartsen. Meestal waren dat wat oudere, ervaren mannen, die elkaar goed kenden en het congres duidelijk ook als een uitje beschouwden. Ik had dan wel een voordracht gehouden, maar dat ging over methodologie, niet hun liefhebberij. Misschien best nuttig, maar voor een dokter minder boeiend. En dus zagen ze mij eigenlijk niet zitten. En toen zag ik aan een tafeltje een jonge dame alleen. Ik zag alleen haar gebogen achterhoofd, sprak haar beschroomd aan of de stoel vrij was, ze keek op en toen herkenden we elkaar van de trein naar Amsterdam. En vanaf dat moment zijn we fijn samen opgetrokken. Buitenstaanders, maar met elkaar hadden we het goed. We hadden nog wel wat gezellig contact met jouw Amsterdamse collega's Josje en Eef, die ook wat buiten de mannelijke pikorde stonden. Heb jij nog iets van ze gehoord?"

"Nee, maar door mijn ziekte ben ik ook grotendeels buitenspel geweest. Ja, we hadden het gezellig samen. We hebben ook heel wat afgepraat. We hebben ook opvallend veel over ons zelf verteld. Dat vertrouwen in elkaar was er, en voelde heel warm."

"En toen terug op station Groningen, opgevangen door jouw vriendin, werden we eigenlijk van elkaar weggerukt. Ik wist me geen raad met het afscheid, dat ook geen behoorlijk afscheid was. We zwaaiden wat vaag naar elkaar en verdwenen in de menigte. Tot een paar dagen geleden mijn telefoon ging: 'met May'"

Intussen smaakte het eten prima; lekker pittig, typisch Mexicaans. Ook de wijn was lekker. May en Herbert genoten van het eten, van de sfeer en vooral van het weer bij elkaar zijn. De aanvankelijke schroom was helemaal weggevallen.

"Ik vertelde al dat ik grotendeels ziek ben geweest, en heb verder heel weinig gedaan of beleefd. Maar wat heb jij intussen gedaan?"

"Tja, gewerkt. Ik ben heel snel weer opgeslokt door mijn werk. Ik heb weer wat cursussen gegeven en klanten geholpen met hun onderzoek. Mexico was eigenlijk meteen ver weg."

"En ik ook?" vroeg May, quasi beledigd.

"Nee, hoor, ik bleef aan jou denken. Maar ik nam geen actie omdat ik twijfelde: wat voelde jij voor mij? Ik hoorde niets van jou, ook niet om hulp bij de statistiek, zoals we min of meer hadden afgesproken.

"We hadden wel veel over onszelf verteld, maar eigenlijk vrijwel niets over ons dagelijkse leven. Hoe leefde jij? Hoe ging je om met je vrienden en familie? Je had wel verteld dat je geen relatie had, maar je kon best veel met vrienden omgaan en het daar druk mee hebben. En toen ik het even heel druk kreeg met werk dat ik samen deed met een orthodontist, kwam er helemaal niets van om contact met jou te zoeken. Ik vergat je niet hoor, bleef intussen wel aan jou denken. Met heel veel warmte! Maar zonder er wat mee te doen."

"En die Sanne?"

"Hé, jaloers? Sorry, dat is flauw van me. Zij is gewoon een klant. Ik heb haar maar een keer gezien, en dat was net toen jij belde."

"Nou zeg ik sorry. Het gaat mij natuurlijk niets aan wie jij als klant hebt. En ik heb ook geen enkel recht om jaloers te zijn. We zijn toch niet getrouwd!"

Herbert realiseerde zich door wat May zei dat hun relatie feitelijk niets meer was dan een fijn en vertrouwd weekje in een vakantiesfeer. Hadden haar woorden een diepere betekenis, en zette ze zo een rem op hun relatie, vroeg hij zich af. Hij keek haar eens goed aan, en zag een onbevangen blij gezicht. 'Nee, ze bedoelt er vast niets mee,' concludeerde hij.

"En heb je nog contact gehad met Henriette?"

'Ook weer zowat, nou vraagt ze naar mijn ex. Wat wil ze met deze vragen?' vroeg hij zich af. Hij keek haar nog eens goed aan, maar zag alleen maar een ontspannen en belangstellend gezicht. 'Ze is gewoon geïnteresseerd in mij en mijn leven en dat is alleen maar positief.'

May zag de verwarring bij Herbert en merkte op: "Het klinkt nogal bemoeizuchtig, maar ik vind het leuk om te horen hoe jouw dagelijkse leven verloopt. Ik wil je beter leren kennen, Het spijt me, ik had niet naar Henriette moeten vragen."

"Natuurlijk mag je naar haar vragen. Ze is dan wel niet meer een onderdeel van mijn leven, maar mijn leven met haar heeft mij ook gevormd. Ik heb erg van iemand gehouden. En dat mag je best weten. Ik ben er niet in geslaagd mijn relatie goed te laten verlopen. En ook dat is voor jou goed om te weten."

"Zij heeft je toch voor een ander verlaten. Ben jij dan schuldig aan de mislukking? Heb jij dan gefaald?"

"Ja, dan ben ook ik tekortgeschoten. Ik heb me te weinig ingezet voor onze relatie. En ik heb niet gezien hoe ons huwelijk afgleed naar een sleur. Ik neem het Henriette ook niet kwalijk dat ze me heeft verlaten. Ik heb er veel van geleerd. We zijn eigenlijk best vrienden gebleven. Tot op zekere hoogte. En ik zie haar nog regelmatig."

"Mooi dat jullie contact goed is. Ik hoop haar ook te ontmoeten."

"Ja, dat lijkt me goed. Behalve het weekje Mexico hebben we los van elkaar geleefd. Heel verschillende levens, verschillende families, andere vrienden, andere gewoonten. Van wat voor eten hou jij, behalve natuurlijk Mexicaans? Ben je een ochtendmens of een avondmens? Ben je niet wakker te krijgen of spring je opgewekt je bed uit?"

"Hallo! Meneer heeft het nu al over het bed," lachte May.

"Moet ik nou blozen dat ik zoiets tegen een dame zeg? Maar serieus, lieve May, ik wil je graag verder leren kennen en daar horen dit soort praktische dingen bij. Toch?"

"Ja, je hebt gelijk. Wat we samen hebben is een heerlijk weekje vakantie. Wat we hebben, is het verhaal van ons verleden. We hebben best intieme dingen aan elkaar verteld. Dat konden we omdat we meteen een klik hadden, warmte voelden. Maar als we meer willen dan vrienden zijn, dan moeten we toch ook ons dagelijkse leven delen. En ik wil meer, lieve Herbert. Maar ik ben zo onervaren in de liefde, heb ik je verteld. Ik moet nog leren een relatie te hebben. Doe daarom niet te snel met me. Durf je het aan te proberen er met mij wat van te maken? Wat een onnozele liefdesverklaring, he. Het spijt me dat ik zo onhandig doe."

"Nee, je doet niet onhandig. Je bent open en spontaan. Ja, lieve May, ik wil je graag nader leren kennen. Ik wil verder gaan met wat we in Mexico hadden. Ik hou van je."

Ze waren een hele tijd stil, hun handen verstrengeld. May had tranen in haar ogen van ontroering.

"Ja, ik ook van jou, maar ik ben ook bang. Ik moet alles nog verwerken, Herbert, en ik ben moe van alle emoties. Zullen we weggaan?"

Herbert bracht haar thuis. Hij ging niet mee naar binnen, want het leek hem beter dat ze haar emoties even alleen verwerkte. Hij moest vooral niet te snel gaan. Ook hij had behoefte tot zichzelf te komen.

"Ik bel je morgen," beloofde Herbert.

Ze namen met een lange, intense omhelzing afscheid.

hoofdstuk 2

De gedachten dwarrelden wild door May's hoofd. Doodmoe van alle emoties viel ze in een stoel neer. Ze voelde dat zij en Herbert deze avond heel ver waren gekomen. Ze hadden beiden voorzichtig hun liefde verklaard. Ze voelde zich toch onzeker: ging het niet te snel? Zou zij, zo onervaren in de liefde, hem niet tegenvallen als ze elkaar beter leerden kennen? Ze had nog nooit een relatie gehad. Kon ze het wel goed doen? Maar behalve haar onzekerheid, had ze ook een heel gelukkig gevoel. Wat was hij lief! Ze moest zich maar geven, onbevangen werken aan hun relatie. Met die gedachte viel ze in slaap.

Herbert schonk zich meteen een borrel in. Ook hij was vol van deze avond. Ze was lief, en zo onbevangen en bescheiden, zo zonder kapsones of bijbedoelingen of zo. Ze was wel heel anders dan Henriette. Op haar was hij toen in het ziekenhuis in de nachtdienst verliefd geworden. Grappig, net als nu met May, was het begonnen op een opvallende plaats met een heel aparte sfeer. Henriette was vlot en doortastend, en nam meestal de initiatieven. Er was ook veel hartstocht tussen hen. May was zo anders. In ieder geval leek dat voor zover hij haar kende. Zij was veel afhankelijker, leek hem. Zij was meer een vrouw om te vertroetelen. Nu moesten ze zorgen samen een evenwichtige relatie op te bouwen. Hé, wat deed hij nou moeilijk. Hij hield van May en ze zouden er samen iets moois van maken. En om te beginnen moesten ze gezellige dingen met elkaar doen en zo hun relatie uitbouwen.

De volgende dag was een zaterdag en Herbert had dus vrij. Hij wist niet of May die dag moest werken. Daar hadden ze het helemaal niet over gehad. Hij probeerde het om een uur of 11, maar kreeg geen gehoor. Het stelde hem teleur, want hij had haar graag nog gesproken om samen terug te kijken op de vorige avond. Misschien was ze even weg, voor een boodschap of zo, dus moest hij het later maar weer proberen. Ook tussen de middag gaf ze geen gehoor. 'Dan zal ze wel aan het werk zijn,' concludeerde Herbert. Om drie uur ging de telefoon. "Met May."

"Ha, wat fijn dat je belt. Ik had het al een paar keer geprobeerd. Ben je aan het werk?"

"Ja. In het weekend is er geen poli of zo, maar gaan we al onze patiënten af om hun toestand te bekijken en waar nodig actie te nemen. Ik loop dan mee met een ervaren collega. Het was druk dit keer omdat een nieuwe patiënt moest worden opgenomen. Die moest ik onderzoeken, haar status opstellen en zo. Maar nu ben ik klaar en kunnen we even praten."

"Ik ben blij je stem te horen. Ben je een beetje bijgekomen van gisteren?"

"Nou niet echt, ik ben nog best confuus. Maar door het werk werd ik afgeleid. Ik bel niet alleen om je stem te horen, maar we hebben gisteren geen nieuwe afspraak gemaakt. Of wil je geen afspraak meer met me?"

"Natuurlijk wil ik een afspraak met je. Misschien moeten we ook meteen maar een afspraak maken om over je promotieonderzoek te praten."

"Dat zou goed uitkomen, want ik heb maandag hierover een gesprek met de professor. Ik heb de dinsdag om aan onderzoek te werken. Schikt het jou dan?"

"Ja, dat kan. Ik moet 's morgens cursus geven, maar ik kan dan om, zeg, half twee met jou afspreken."

"Fijn, dan kom ik bij je. Dan kan ik meteen het rekencentrum zien, jouw werkplek. O, mijn pieper gaat. Ik moet hangen. We maken dan dinsdag wel een afspraak voor ons privé. Dag."

Herbert gaf de cursus in het gebruik van statistische pakketten voor een twaalftal deelnemers. Het was routine voor hem. Hij begon met een inleidend praatje, waarin werd ingegaan op de statistiek die in de oefeningen werd gebruikt. En daarna gingen de cursisten zelfstandig aan de slag, waarbij Herbert ze hielp als ze er niet uitkwamen. Als een opdracht klaar was, besprak hij nog de uitkomsten van de statistische analyse die in de opdracht zat.

Soms kwam er een cursist met een vraag over een eigen onderzoek waarmee hij bezig was. Dat vond Herbert eigenlijk het leukste: iemand helpen bij zijn of haar eigen probleem. Misschien moest hij May wel naar de cursus sturen! Het leek hem reuze grappig haar als leerling te hebben.

May pakte haar fiets en ging richting Paddepoel. Ze voelde zich prettig gespannen bij het vooruitzicht Herbert weer te zien. Na vragen bij de receptie kwam ze bij zijn kamer. Klop, klop. Ze trof Herbert in druk gesprek aan de telefoon. Hij zwaaide naar een stoel en ging door met zijn klant. Ze kon zijn vaktermen niet goed volgen, maar was onder de indruk en ze voelde zich zo aan zijn bureau toch ook een klant.

Met "Dag Sanne, ik hoop dat je hiermee verder kunt," sloot Herbert het gesprek af.

"Dat was Sanne," zei hij volkomen overbodig.

"Ja, ik hoor het, het wordt al gewoon. Maar dit keer moest ik wel wachten op Sanne. Sorry, dat is lelijk van me, het is je werk. Vergeef me, Herbert, maar ik ben gewoon wat gespannen jou in jouw omgeving zo zakelijk bezig te zien. Die kant van jou ken ik helemaal niet."

Ze wisten zich beiden in deze omgeving met hun houding niet goed raad. Herbert doorbrak de impasse. "Zeg May, fijn dat je er bent. Ik heb je in die paar dagen al gemist. Maar zakelijk: op zo'n moment vraag ik aan de klant: wat kan ik voor je betekenen?"

"Nou heel wat. Ik heb van alles te vragen over de aanpak van mijn onderzoek. Om te beginnen …," antwoordde May uiterst serieus.

"Ho, ho, even niet zo vlug. Het is altijd goed de klant op zijn gemak te stellen door even aan elkaar te snuffelen."

"Foei, snuffel jij aan klanten? Zeker alleen maar als het een vrouw is!"

"Tja, zo gaat dat … Daar moet je maar aan wennen. Maar misschien vind je het leuk, en nuttig, als ik je eerst wat van het rekencentrum vertel en wat wij, ik dus voor je kan betekenen. En als je daar zin in hebt, kan ik je de computer en randapparatuur laten zien?"

"Ja, dat vind ik leuk. En het is vast ook erg nuttig voor een leek als ik. Ik heb wel eens een ponskaart gezien, maar weet niet hoe je daarmee werkt. En mijn onderzoeksgegevens komen op ponskaarten. Toch?"

"Ja, dat klopt. Kijk hier heb je zo'n kaart. Die gaatjes vormen dus letters en cijfers. Maar dat komt wel als je eigen gegevens op kaarten worden gezet."

"Moet ik dat zelf doen? Of doe jij dat voor mij?"

"Op beide vragen is het antwoord nee. Er zijn ponstypistes die dat doen. Maar dat komt later wel. Laat het regelen daarvan maar aan mij over."

"Mooi. Vertel nu maar wat me te wachten staat."

"Nou, een onderzoek begint natuurlijk met de vraagstelling: wat wil ik weten? Daarvoor moet je zaken aangeven als: wat precies wil ik ontdekken, over welke populatie wil ik iets te weten komen, welke methodieken heb ik ter beschikking om de vragen te beantwoorden. Bijvoorbeeld: ik wil bij CARA-patiënten onderzoeken welk effect prednisolon op allerlei long-functieparameters heeft. Daarvoor heb je een steekproef nodig. De statisticus kan helpen bij het opstellen van de steekproef van patiënten en, natuurlijk, hoe je de meetresultaten kunt analyseren en ten slotte hoe je de uitkomsten van de statistiek interpreteert. De andere zaken moet de onderzoeker zelf bepalen. Wat lach je, May?"

"Ik vind het grappig zo serieus en geconcentreerd je de dingen vertelt. En daarbij aanneemt dat ik alles wel kan volgen. Populatie, steekproef, ik heb op het college wel statistiek gehad, maar wat het precies inhoudt, ben ik kwijt. Oaxaca is als ik je zo hoor praten heel ver weg! Maar ik begrijp dat ik als onderzoeker zelf moet zorgen voor de vraagstelling, de patiëntgegevens, het meten. Jij als de statisticus zorgt dan voor de statistische analyses en samen interpreteren we de resultaten."

"Perfect. Jij bent vlug van begrip, zie ik wel."

Herbert zag aan haar gezicht dat May moe begon te worden van alle informatie die hij over haar heen stortte en stelde voor eerst maar op te houden.

"Ik laat je nog het rekencentrum zien en dan gaan we volgende keer verder met jouw onderzoek."

Herbert leidde wel vaker klanten rond en iedereen die ze tegenkwamen, vond het dus heel gewoon dat hij daar met May liep. Maar hem gaf het een apart gevoel. Ze was een klant, maar ook weer meer dan een klant! Hij toonde de rekenhal met zijn centrale computer die het rekenwerk voor de hele universiteit deed.

"De microcomputer of ook wel desktop genoemd, komt eraan, maar heeft nog niet de kracht het grotere rekenwerk te doen. Hij wordt nu, op kleine schaal, gebruikt voor tekstverwerking, mail en zoeken op het internet."

"Ja, bij ons op het secretariaat staat ook een exemplaar, maar die wordt vrijwel niet gebruikt. En als het gebeurt, wordt meestal onze technische man te hulp geroepen," vertelde May.

Herbert liet ook de kaartlezer zien, waar haar data zouden worden ingevoerd in de computer.

"Kijk en met dat apparaat worden de resultaten van de berekeningen geprint. Daar zullen dus de resultaten van jouw onderzoek verschijnen."

May was onder de indruk, maar ook moe van al die nieuwe dingen. Ze vroeg daarom de rondleiding te beëindigen.

"Ik vind het reuze boeiend. En ik vind het reuze leuk jou in jouw omgeving bezig te zien. Maar ik wil nu ophouden en naar huis. Goed?"

Herbert bracht haar naar de uitgang. Voordat ze, merkwaardig verlegen, afscheid namen, wilde May een nieuwe afspraak maken.

"Twee. Een om verder te praten over mijn onderzoek en een privé, wij samen. Wil jij dat ook, Herbert?"

"Ja, graag."

Ze kwamen al heel snel tot het idee aanstaande zondag te gaan fietsen en dan ergens te lunchen.

"Het voorjaar komt eraan en die opbloeiende natuur geeft mij altijd zo'n lekker gevoel," vond May.

hoofdstuk 3

Het was een mooie dag, zonnig, nog een beetje fris, maar er stond geen wind. Herbert haalde May thuis op. En ook dit keer was de begroeting wat verlegen. Wel was het met een kusje op de mond, maar dat was heel lichtjes. 'We hebben duidelijk tijd nodig om de warmte van Mexico terug te vinden. Maar dat heb ik over voor haar,' vond Herbert. Hij kwam niet binnen, maar zij pakte direct haar fiets en ze gingen meteen op weg.

"Waar gaan we heen?" vroeg Herbert. "Je hebt vast wat bedacht."

"Ja, maar jij mag natuurlijk wat anders willen. Ik stel voor om naar het Paterswoldsemeer te fietsen. Met, als we dan zin hebben, nog even een wandelingetje in Friese Veen, en dan lunchen we bij De Twee Provinciën. Vind jij dat ook leuk?"

"Een prima idee, maar is dit niet wat ver? Uiteindelijk moeten we eerst een eind door de stad fietsen om bij het meer te komen."

"Voor mij is het niet te veel, hoor. Ik heb je verteld dat ik vanuit Peize elke dag naar school in de stad fietste. Of vind jij het te ver?"

Herbert was niet zo'n fietser, maar wilde zich niet laten kennen.

Het stuk door de buitenwijken van de stad was saai, maar toen ze in de buurt van het meer kwamen, kwam de natuur mooi in beeld.

"Ik vind dat frisse groen, de knoppen aan de bomen en de bloemen die in bloei komen zo mooi. Het vertelt dat het leven weer begint. Weet je, zo'n gevoel had ik ook, toen ik nadat ik hersteld van de leukemie was verklaard, weer voor het eerst in de natuur kwam. We wandelden door een bos, mijn vader, mijn moeder en ik. Het was eigenlijk heel ontroerend. We ontmoetten een nieuw leven, ook mijn nieuwe leven. Dat groen, die frisheid, die dat uitstraalde, het nieuwe begin, en dat was ook zo voor mij."

"Ja, dat moet overweldigend zijn geweest. Leven na al die keren dat je de hoop dat het goed zou komen had opgegeven. Lieve May, ik ben zo blij met je."

Ze wandelden hand in hand langs het water in het Friese Veen.

"Zo liepen we die avond ook in Merida, weet je nog?" vroeg May. "We kwamen toen heel dicht bij elkaar. Wat is er veel gebeurd sindsdien. We verloren elkaar op het station Groningen, we hervatten ons oude leventje, ik werd ziek. En nu zijn we toch weer samen."

"Ja, door dat telefoontje, op mijn werk: 'Met May'. Ík zal dat nooit vergeten."

Ze fietsten naar het restaurant en zochten een plek dicht bij het water.

"Zo'n fijn geluid, dat kabbelende water, zo rustgevend," vond May verzaligd.

"Ja, ik hou ook van water. In de zomer moeten we maar eens gaan zeilen."

"Ja, ja, jij, zeilen en vrouwen. Henriette. Ik weet nog goed wat je hebt verteld over het zeilen met haar, over verleiden gesproken!"

"Nou, jij mormel, plaaggeest, daar hoor je mij niet aan te herinneren en op aan te spreken."

"Je hebt gelijk. Sorry. Maar ik kan het niet laten weleens te plagen. Ik ga graag met je zeilen. En ik ben Henriette niet."

In een flits kwam de slechte herinnering aan zeilen bij haar boven. Dat zeiltochtje waar ze werd ontmaagd en vervolgens door die man volkomen in de steek werd gelaten. Maar dat was toen. En nu ging het om Herbert, en die was anders. Met hem wilde ze wat opbouwen. Dan moest ze die akelige herinnering aan haar zeilen maar verdringen.

May bestelde brood met een kroket en Herbert een Russisch ei. Ze completeerden de lunch met een glaasje witte wijn.

"Wat gezellig, zo samen eten. Het is voor het eerst na Mexico dat ik dat doe. Toen hebben we het vaak gedaan, maar altijd met anderen. Ik vind het zo fijn dat we het nu samen doen, lieve Herbert."

"Ja, dat vind ik ook. Hoe gezellig het ook was met Josje en Eef, ik eet liever met jou alleen."

"Tja, die Amsterdammers en al die andere contacten die we daar in Mexico hebben gelegd. Je hebt het gezellig met elkaar, je bent ook serieus bezig, je spreekt af resultaten van je onderzoek uit te wisselen, je belooft contact te houden, en ziet niemand ooit weer. Professor Martijn voorspelde dat al," merkte May wat weemoedig op.

"Hallo, nu ben ik zwaar gekwetst: je ziet mij toch terug!"

"O, sorry, wat erg. Ik zie het beste over het hoofd. Kun je me vergeven?"

"Nou, vooruit maar, omdat jij het bent."

'Gek,' realiseerde May zich. 'Nu zouden we elkaar eigenlijk moeten knuffelen. Dat deden we in Mexico in zo'n situatie wel. Waarom hier nu niet?'

Op de terugweg hadden ze weinig te vertellen. Beiden wat moe door de buitenlucht en confuus door hun samenzijn, dat ze beiden heel geslaagd vonden.

Bij May's flat aangekomen, zei zij dat ze hem niet binnen vroeg, want ze had afgesproken naar haar ouders te gaan.

"Ik vond het heerlijk, Herbert. We moeten dit gauw weer doen. Dankjewel."

Met een lichte kus op de mond namen ze afscheid.

Herbert was teleurgesteld, en eigenlijk wat verbouwereerd door dit voor zijn gevoel koele afscheid. 'Wat is er toch? Waarom ontbreekt de warmte tussen ons? Of misschien is het dat we niet goed durven. Maar waarvoor zijn we bang?'

May keek de wegfietsende Herbert na. 'Waar ben ik mee bezig? Ik ben ook gek ook om met mijn ouders af te spreken op de dag dat ik met Herbert uitga. En ik heb hem niet eens even binnen gevraagd. Dat was toch het minste wat ik had moeten doen. En ons afscheid is ook zo koel, een licht, wat afstandelijk, kusje op de mond en dat is alles. En dat terwijl ik hem in mijn armen zou willen nemen. Wat mankeert me toch? Waarom doe ik zo, terwijl hij me zo'n heerlijke dag heeft bezorgd? Gelukkig hebben we een werkafspraak en zie ik hem dus gauw weer. Dan ga ik me anders gedragen!'

In gedachten verzonken, fietste Herbert naar huis. Het koele afscheid liet hem niet los. Thuisgekomen schonk hij zich meteen een borrel in. 'Wat is er aan de hand?' Ze is soms zo koel, ze is dan afstandelijk en dat uit zich ook in kleine plagerijtjes. Niet gemeen, maar toch schept dat afstand. Doe ik wat fout? Ga ik te snel? In Mexico was die warmte, die vertrouwelijkheid er wel. Waar is die gebleven, hier terug in Groningen? Ik had echt het gevoel dat ze verliefd was op mij. Toen, ons eerste afspraakje hier bij de Mexicaan, voelde ik wel warmte van haar kant. Ben ik daarna op het rekencentrum te zakelijk geweest? Heeft ze het gevoel gekregen dat ze gewoon een klant was en niet vooral een geliefde die toevallig ook klant is? Of zit het dieper? Ze gaf in Mexico aan dat ze erg onervaren was in de liefde. Zit haar gebrek aan ervaring onze verhouding in de weg? Misschien overdonder ik haar wel met mijn ervaring als getrouwd en gescheiden man? Wat moet ik doen: voorzichtig onze relatie verder uitbouwen of moet ik er open met haar over praten? Ik laat haar hoe dan ook niet los! Eerst wacht ik nog maar even af tot onze komende zakelijke afspraak. Kijken hoe het dan gaat.'

May vertelde die avond aan haar ouders niets over Herbert. Ze vertelde wel dat ze een eind had gefietst, maar niet met wie. Ze wist niet waarom ze niet over hem sprak. Was ze er wat verlegen mee? Of kwam het doordat ze deze dag zo koel hadden geëindigd? Was hij wel verliefd op haar? Of lag het helemaal aan haar onhandigheid in de liefde?

hoofdstuk 4

Al met al was May behoorlijk gespannen toen ze naar het rekencentrum fietste voor de volgende bespreking over haar onderzoek.
Hoe zou het gaan? Konden ze de warmte die ze toch voor elkaar
voelden weer terugvinden?

Toen ze de gang van zijn kamer inliep, stond Herbert bij zijn
deur te praten met een jonge vrouw. Een knappe vrouw, vond
May, die heel geanimeerd met Herbert praatte. Herbert lachte
hartelijk om iets dat zij zei. May kreeg een vreemd gevoel van
jaloezie.

"Nou, jouw probleem is zo wel opgelost, lijkt me. Je kunt
wel verder, toch? Tot ziens maar weer, Hou je taai," hoorde May
Herbert tegen de vrouw zeggen.

De vrouw knikte May toe toen ze langs haar liep.

"Ha May, wees welkom."

"Dag. Ja, zullen we meteen aan de slag gaan?" May schrok
van zichzelf dat ze hem zo direct zakelijk en koel begroette.
'Verdorie, begin ik weer slecht,' dacht ze, 'te laat!'

Herbert deed het beter. Hij duwde zijn kamerdeur achter zich
dicht en zoende haar op haar mond.

"Fijn je weer te zien, May."

May ging voor zijn bureau zitten en keek hem afwachtend aan.

"Dat was Sanne. Die is lekker bezig met haar onderzoek. En
ze is niet eigenwijs: als ze een probleem heeft, benadert ze me
meteen. Dat werkt heel prettig."

Ook nu voelde May een steek van jaloezie.

"Ja, ik zag wel dat jullie het goed met elkaar kunnen vinden.
En ze is heel mooi!" zei ze, met een bittere klank in haar stem.
'Waarom zeg ik dat nou? Ik heb toch niets te maken met zijn
klanten? En ik heb ook geen reden jaloers te zijn.'

"Het spijt me, Herbert, dit had ik niet moeten zeggen. Wat
ben ik toch een oen," zei ze timide.

Herbert keek haar indringend aan.

"Wat is er May? Waarom doen we zo afstandelijk? Is het verkeerd dat we ook zakelijk met elkaar te maken hebben? Wat doe ik fout, May?"

"Jij doet niets fout, Herbert, het ligt aan mij. Helemaal en alleen maar aan mij. Ik wil zo graag anders doen, maar het lukt me gewoon niet. Ik weet niet wat me mankeert. Ik ben gewoon niet geschikt voor een relatie. Laat …"

"Dit kan zo niet langer. We doen elkaar alleen maar pijn, May. Kom, trek je jas weer aan. Dan gaan we een eind wandelen. En dan praten we alles uit."

"Wandelen? Kun je wel weg?"

"Toe, laat dat maar aan mij over. Jij bent nu echt belangrijker dan mijn werk."

In gedachten verzonken, liepen ze zwijgend naar het Reitdiep. Daar was het volkomen verlaten. Herbert greep haar hand en ze begonnen langs het water te lopen. May begon zachtjes te huilen.

"Wat is er toch, lieve May? We houden van elkaar, al hebben we dat nooit zo uitgesproken. We hadden het goed samen in Mexico. We hadden het goed samen toen we hier uit eten gingen. En met het fietsen. Wat is er daarna mis gegaan? Wat doe ik fout? Is het verkeerd dat ik je help bij je onderzoek? Wordt onze relatie daardoor te zakelijk? Als dat zo is, dan moeten we daar een oplossing voor vinden. Ik hou van jou en jij van mij, geloof ik, maar in plaats van daarvan te genieten, doen we elkaar alleen maar pijn. We moeten dit uitpraten, lieve May, want ik wil je niet verliezen. Wat doe ik toch fout?"

May begon harder te huilen. Herbert nam haar in zijn armen en streelde haar haar.

"Nee, Herbert, jij doet niets fout. Het ligt helemaal aan mij. Ik wil wel anders, want ik hou van je, maar steeds weer ga ik in de fout. Ik zeg dan domme dingen, zoals net over die Sanne. Dan heb ik achteraf zo'n spijt en neem me voor het anders te doen. Ik ben zo gespannen als ik bij je ben. In Mexico was dat zo anders. En die gespannenheid komt niet doordat je me helpt bij mijn onderzoek. Ik ben daar erg blij mee en zou niet weten hoe ik het zou moeten doen zonder jou."

"Waar komt die spanning dan wel vandaan? Voel je je niet op je gemak bij mij?"

"Jawel, ik vind het heel fijn bij je te zijn. Ik kan, denk ik, niet omgaan met de liefde, met een relatie. Ik ben dat muurbloempje, die oude vrijster, die plotseling de prins ontmoet."

"Zeg toe nou, ouwe vrijster, je bent prachtig en lief. En ik hou van je. Je moet je niet van alles in je hoofd halen, maar je overgeven aan de liefde, onze liefde. Je moet je gewoon laten gaan, dan komt het heus goed met ons."

"Ja, je hebt gelijk. Ik wil wel, maar het ontglipt me gewoon. Dan doe ik weer wat doms. Dan denk ik weer wat raars, ben ik jaloers op Sanne. Ik weet dat het idioot is, maar het gebeurt gewoon. Heb geduld met me, Herbert, alsjeblieft, heb geduld."

Zo stonden ze heel lang, elkaar stevig omklemmend.

"Ik zou zo altijd willen blijven staan, zo dicht bij jou," verzuchtte May, "maar ik moet gaan, want ik heb zo dienst in het ziekenhuis. Dat is een 24-uurs dienst. Je bent daarbij niet steeds aan het werk, maar moet beschikbaar zijn en tussendoor in het ziekenhuis slapen. Maar geregeld komt daar niets van en ben je de hele tijd in touw."

"Dat is zwaar! Dan ben je natuurlijk helemaal gesloopt. Ik breng je nu naar je fiets. Sterkte met de dienst en daarna bellen we voor een afspraak. Goed?"

"Graag en dankjewel. Geef me nu een kus, want dat kunnen we moeilijk bij de fietsenstalling doen."

In gedachten verzonken liep Herbert terug en botste pardoes tegen Sanne op, die vergeefs bij zijn kamer was geweest.

"Hallo, let op het verkeer," riep Sanne hem opgewekt toe.

"Sorry, ik was in gedachten verzonken."

"Ja, dat merk ik. En je kijkt zo ernstig. Is er wat?"

"Kom binnen, je zocht mij blijkbaar. Heb je een vraag?"

"Ja, ik zat beneden de gegevens die ik al op lijsten heb te ponsen, maar vraag me af of bij vraag 13 niet nog een antwoord 'ja, maar weet niet waar' moet worden opgenomen."

"Eens kijken. Ja, ik denk dat je gelijk hebt. Scherp gezien."

Terwijl Sanne daarvan een aantekening maakte, dwaalde Herbert af met zijn gedachten; hij dacht aan May.

"Ik heb eigenlijk nog een vraag. Maar ik zie dat je er met je gedachten helemaal niet bij bent. Die vraag stel ik een andere keer wel."

"Het spijt me, Sanne, natuurlijk moet je die vraag nu stellen. Ik zal beter opletten. Mijn excuses."

"Nee, laat maar, je hebt nu kennelijk wat anders aan je hoofd. Liefdesverdriet? Sorry, dat is wel erg ongepast van me. Het spijt me echt. Wil je er over praten of zal ik maar schielijk de benen nemen?"

Herbert keek Sanne eens aan. 'Wat is het toch een leuke meid. Ik heb eigenlijk best behoefte nu met iemand te praten. En ik heb het gevoel dat ze het meent dat ik tegen haar aan mag praten. En daarmee doe ik May toch niets tekort.'

"Wat aardig van je dat je mij wilt aanhoren. En eerlijk gezegd, heb ik ook best behoefte mijn verhaal kwijt te raken. Ik weet niet of je tijd hebt, maar zullen we dan samen wat gaan eten?"

"Ik heb alle tijd."

Ze vonden een rustig plekje bij de Chinees in Paddepoel.

"Gezellig," zei Sanne vrolijk. "Hoewel de aanleiding, denk ik, niet echt fijn is. Maar spreek je maar uit. Ik kan goed luisteren."

"Fijn, daar heb ik net behoefte aan. De geschiedenis vindt zijn oorsprong in Mexico. Daar dronken we altijd tequila en margarita. Kan ik jou ook zoiets aanbieden?"

"Lekker, een margarita graag. Hoewel ik daar ooit op een studentenfeestje behoorlijk dronken van ben geweest."

May was, terwijl ze naar huis fietste en zich omkleedde, intens bezig met het gesprek met Herbert. Ze hadden in Mexico veel gepraat, ook over henzelf. Maar dat ging dan vooral over hun verleden. Over hun heden hadden ze het alleen maar oppervlakkig gehad. En over de liefde, over houden van, over hoe je dat samen deed, hadden ze het eigenlijk nooit gehad. Ze hadden nooit tegen elkaar gezegd: ik hou van je. En nu was daar die spanning.

Ze was blij dat Herbert had doorgedrukt. Haar had gedwongen te luisteren en te praten over hun relatie. Ze had gehuild bij hem en dat luchtte op, want dat betekende dat ze zich toch kon geven. Daar lag de sleutel. 'Niet krampachtig doen, niet het mooi en goed willen doen, maar mezelf zijn, me overgeven,' Ze had het goed begrepen, dacht ze, maar nu moest ze het nog doen!

"Zo, een dronken Sanne, zo ken ik je niet."

"Nee, dat kan ook niet. Toen was Sanne derdejaars studente, ging naar Vindicat-feestjes, dronk te veel, ouwe hoerde slap en had altijd wel een vriendje. De Sanne van nu is een serieuze, hard werkende vrouw, arts, internist in opleiding, geen relatie, geen wilde feestjes, maar hoogstens een chique borrel met andere serieuze mensen, vooral artsen. En waar praat ze over: wetenschappelijk onderzoek, statistiek en dat soort saaie dingen."

"Dank u, dame. Statistiek saai, ik weet nu mijn plaats."

"Grapje. Nee hoor, ik vind statistiek best leuk nu ik het bij mijn eigen onderzoek gebruik. En jij weet het helder uit te leggen. Lof. Maar we zitten hier niet om over de statistiek te praten. Lucht je hart, ik luister."

Nadat Herbert voor zichzelf een bami rames en voor Sanne nasi goreng had besteld, begon hij. Ze namen er beiden een biertje bij.

"Je raadde het al: het gaat over de liefde. Ik hou van haar, maar het gaat op dit moment zo stroef."

"Ik onderbreek je even. Voor de goede orde: ik neem aan dat je vrijgezel bent."

"Ja hoor, ik ben vrij. Ik ben gescheiden en heb geen kinderen of andere verplichtingen."

"Mooi zo. Ja, niet dat je gescheiden bent, maar dat je vrij bent. Als ik had moeten luisteren naar een verhaal over een buitenechtelijke relatie, had ik er voor bedankt. De geschiedenis begon in Mexico, zei je. Hoe kwam je daar terecht?"

"Ik was in Mexico City op een internationaal congres over longziekten."

"Goh, wat doet een statisticus op zo'n congres? Sorry, nu onderbreek ik je alweer en ik kon zo goed luisteren, beweerde ik. Ga door, ik hou nu verder mijn mond."

"Wel, ik hield een voordracht over het onderzoek van een longarts, waarin veel statistiek was gebruikt. En die had ik verzorgd en ook echt meegedacht over het probleem. Dat congres zelf was voor mij niet erg boeiend, maar die wereldstad die Mexico City is, is geweldig indrukwekkend. Aardig van zo'n congres is dat je leuke contacten legt. Voor mij niet wetenschappelijk, maar ik had leuke contacten met een aantal longartsen, vooral Nederlandse. Maar ook een uit Indonesië."

"Vast een vrouw. O, sorry, nou doe ik het weer, je onderbreken. Ik zal het niet meer doen," zei Sanne deemoedig.

"Ja, een vrouw, maar we zijn alleen maar samen uit eten geweest. Verder niets hoor. Mag ik verder gaan, dame?"

Sanne grijnsde en knikte dat hij zijn gang kon gaan.

"Ik had de luxe dat het gezelschap waarbij ik hoorde, na het congres nog verder het land in ging om de vele oudheden te bekijken. We gingen eerst naar Oaxaca. En daar ontmoette ik May, longarts in opleiding hier in Groningen."

"May heet ze dus."

"Ja, ze heet May. Grappig is dat we bij elkaar in de trein van Groningen naar Schiphol hebben gezeten, maar zonder elkaar te kennen en te weten dat we naar dezelfde plaats gingen. Zij hoorde niet tot het reisgezelschap en zo kwam het dat wij, beiden buitenstaanders, met elkaar optrokken. De week was fantastisch. We hebben enorm veel interessante oudheden van het land bezocht in Oaxaca, Merida, Uxmal en Chitzen Itza. May en ik kwamen dicht bij elkaar. We hebben heel veel gepraat, elkaar over ons leven verteld. En we raakten heel vertrouwd met elkaar. Er ontstond een heel warm gevoel tussen ons dat zich heel geleidelijk en voorzichtig verder ontwikkelde. Ik werd verliefd op haar en zij op mij, zo voelde ik dat tenminste. Het bleef platonisch hoor, we hebben niet gezoend of zo. Het bleef bij hand in hand wandelen."

"Uit de manier waarop je over May en de ontwikkeling van jullie relatie praat, maak ik op dat zij een heel bescheiden, zachte vrouw is. Niet zo'n kenau als een hoop vrouwelijke artsen zijn, die zich zo nodig willen bewijzen. Ik hoop niet zo te worden."

"Ja, dat klopt, ze is zacht en bescheiden. Misschien komt dat ook wel doordat ze zo hard heeft moeten vechten om arts te worden. Toen ze zestien was, kreeg ze leukemie. Ze onderging alle akelige onderzoeken en behandelingen en ze overwon de ziekte. Maar zoiets is voor een jong meisje natuurlijk heel ingrijpend. Tijdens de misschien wel mooiste tijd van een meisje was ze ziek, en moest ze leven met de grote kans om dood te gaan."

"Verschrikkelijk. Als ik terugdenk aan mijn ontspannen leven op die leeftijd … Zoiets moet een enorme invloed hebben, ook op de manier waarop je in het leven staat."

"Ja, want ook haar studietijd is er ingrijpend door beïnvloed. Na een onderbreking van jaren heeft ze de middelbare school toch nog afgemaakt en is ze medicijnen gaan studeren. Ze was ouder dan de andere studenten en had haast, heel veel haast. Een studentenleven heeft ze helemaal niet gehad, geen uitjes, geen vriendjes; het was studeren, alleen maar studeren."

"Wel heel erg anders dan mijn studentenleven. May moest vechten om te overleven, had geen tijd voor ontspanning, geen tijd voor vriendschappen, zoiets moet wel ten koste gaan van een harmonieuze ontwikkeling. Het is best goed zo nu en dan helemaal door te zakken. Maar voor May was het niet weggelegd dronken te worden van de margarita."

"Nee, pas in Mexico! Ze heeft er heel hard voor gevochten; ze werd arts en ze kreeg een opleidingsplaats bij longziekten. Ik bewonder haar zo. Dappere, bescheiden, lieve May."

"Je praat heel mooi, betrokken en liefdevol over May, maar wat is nu het probleem? Er zit duidelijk iets niet goed tussen jullie. Wat? Kun je dat aangeven?"

"We hadden het heerlijk samen in Mexico. Terug in Groningen was het op het station: dag, dag! En elk contact was daarna over. Er is van alles te bedenken hoe dat komt, onder andere dat ze ziek werd, maar niets was echt bepalend. Ik denk wel dat bij ons beiden het gevoel leefde: is dit echt? Is dit meer dan een vakantieliefde?

Houdt hij echt van mij? Houdt zij echt van mij? Ik dacht wel veel aan haar, maar nam geen enkele actie, lummel die ik was."

"Hoe dacht je dan aan haar? Misschien vind je het een te intieme vraag, maar had je ook seksuele gevoelens voor haar?"

"Nee, misschien wat vreemd, maar die had ik totaal niet. Ik dacht aan wat we samen hadden gedaan, waarover we hadden gepraat, hoe we hand in hand door Merida liepen. En ik zag haar lieve, zachte gezicht voor me. Zo hoorden we maanden niets van elkaar. En toen belde ze me op het werk. Ik zal het nooit vergeten: 'met May'. Kijk, dat was net toen jij voor het eerst bij mij was. Ze belde om te vragen of ik haar bij de statistiek, die nodig was voor haar onderzoek, wilde helpen. Daar hadden we het in Mexico over gehad."

"Grappig, net als ik dus. En gaat dat? Kun je het werk en het meisje scheiden?"

"We zijn daar nog niet echt aan toegekomen, ondanks wel een paar afspraken daarover. We hebben wel een paar keer privé contact gehad. We zijn uit eten geweest, we hebben een dagje gefietst en geluncht. Maar we zijn nog nooit bij elkaar thuis geweest! Vanmiddag hadden we weer een werkafspraak. Maar ze deed zo stroef, had een paar ongelukkige opmerkingen. Toen ben ik met haar gaan wandelen om het uit te praten. Dat ging wel goed, ze luisterde, ze gaf zich over, ze heeft bij me gehuild. Maar of het helpt? Nou, na dat praten met haar, kwam ik jou dus tegen en weet je de rest."

Sanne was een hele tijd stil, onder de indruk van de geschiedenis.

"Herbert, ik wil een moeilijke vraag stellen. Indringend, en echt belangrijk, geloof ik. Als je niet wilt antwoorden, doe het dan niet. En wees niet boos dat ik de vraag stel, het is echt goed bedoeld. Herbert, je zei dat je May zo bewonderde. Nu vraag ik: ben je verliefd op May als vrouw of zijn jouw gevoelens bepaald door bewondering en misschien zelfs ook door medelijden met wat May heeft moeten meemaken?"

Nu was Herbert stil, lang stil. Hij keek Sanne aan.

"Dank Sanne, dank dat je zo open bent deze vraag te stellen. Ik heb er nooit zo tegen aangekeken. Maar je hebt gelijk dat dit punt essentieel is voor onze relatie. Ik geloof dat ik echt op de vrouw May verliefd ben. Maar misschien heb je wel gelijk en ben ik verliefd op haar verhaal."

"Daar moet je niet van uitgaan, Herbert, het gaat om de mens May. Maar je moet, als medelijden en bewondering voor haar prestatie de boventoon voeren, dat uitschakelen. Je mag haar niet sparen, maar moet haar het recht geven ook zwak te zijn, ook dingen verkeerd te doen. Zij en jij zijn volkomen gelijkwaardige partners, vergeet dat niet. En zie haar als vrouw!"

"Ik snap het Sanne, je hebt gelijk. Het wordt laat. Zullen we nu maar opbreken. Dankjewel Sanne, ik heb heel veel aan deze avond. Je bent geweldig."

Herbert bracht Sanne op de fiets thuis. Zij omhelsde hem warm, en gaf hem een zoen op zijn mond:

"Maak er wat moois van, Herbert. Vecht voor haar. Ze is, denk ik, erg kwetsbaar. En kan het mogelijk niet opbrengen ontspannen te zijn na al het vechten dat ze al heeft gedaan. May verdient het dat het goed gaat met jullie en jij verdient het ook. En de volgende keer praten wij weer gewoon over de t–toets en significant, en zo. Toch?"

hoofdstuk 5

May had een enorm drukke dienst. Het begon meteen om 6 uur al en ging de volgende 24 uur door. In al die tijd zag ze haar bed niet. Ze had dan ook geen tijd om na te denken over het gesprek met Herbert. Thuisgekomen, viel ze meteen doodmoe in bed.

's Avonds belde ze Herbert thuis op. Geen gehoor. Vreemd, hij had niet verteld dat hij weg moest. Zeker een boodschap doen, of op bezoek.

De volgende avond belde ze weer tevergeefs. 'Verdorie, ik wil zo graag met hem praten. Ik wil terugkomen op het gesprek dat we hebben gehad.' Ze wilde hem niet privé op zijn werk bellen, dus wachtte ze weer tot de volgende avond. Weer tevergeefs. Nu begon ze zich toch ongerust te maken. Zou er wat zijn of nam hij niet op omdat hij niet met haar wilde praten? Dat kon ze zich niet voorstellen, maar je wist maar nooit.

En toen ging haar telefoon. "Met Herbert." Ze zuchtte van opluchting. "Ha, fijn dat ik je hoor. Ik had al een paar keer gebeld, maar je was er niet. Ik maakte me ongerust."

"Ja, sorry, ik had het natuurlijk moeten vertellen. Ik had een cursus in Arnhem en die ging ook 's avonds door. En dan kwamen we natuurlijk ook nog even samen aan de bar. Gezellig over de statistiek praten. Nou, gezellig? Zo kwam er niets van bellen. Maar ik heb een kaartje gestuurd, hoor. En nu ben ik weer thuis. Hoe is het, lieve May? Ben ik daar aan het Reitdiep niet te ver gegaan? Jammer dat we daarna geen gelegenheid hadden om erover door te praten. Maar nu wil ik je weer zien en verder praten. Ben je morgen thuis?"

"Nee, die avond heb ik bijscholing, die ik echt niet mag missen. En de avond daarna moet ik naar de verjaardag van mijn collega Demi, die ook op het congres in Mexico was. Het spijt me, maar de avond daarna kan ik wel."

Herbert vroeg niet of het schikte dat hij dan bij haar thuis kwam.
"Oké, dan ben ik om 8 uur bij je."

Hij had net opgehangen toen de telefoon ging.
"Met Sanne. Hoe gaat het en vooral: hoe gaat het met jou en May?"
"Ik heb haar na het gesprek met haar bij het Reitdiep niet meer gezien."
"Oen! Na zo'n gesprek kun je haar toch niet laten zitten. Waar ben je mee bezig?"
"Ja, luister eens, ik had een cursus in Arnhem die ook 's avonds doorliep," reageerde Herbert wat gepikeerd. "Maar ik heb nu een afspraak, Bij haar thuis!"
"Natuurlijk. Sorry. Waar bemoei ik me ook mee? Maar ik wil zo graag dat het goed komt met jullie."
"Ja, ik geloof dat best van je. Dank voor je meegevoel. En ik heb echt veel aan het gesprek dat wij samen hadden. Nogmaals, veel dank daarvoor."

Herbert verheugde zich dat hij May weer zou zien. En nog wel bij haar thuis. 'Hoe zou ze in haar eigen omgeving zijn? Zou ze dan wat meer zelfvertrouwen hebben en zich op haar gemak voelen? Hij kende haar alleen maar in enkele, bijzondere omstandigheden, realiseerde hij zich. In een vakantieachtige omgeving in Mexico, op een fietstochtje, in een restaurant en in zijn omgeving van het rekencentrum. Hoe zou ze eigenlijk als dokter zijn? Als dokter moest je toch overwicht uitstralen. Zou dat ook bij haar het geval zijn?'
Eerst maar samen zijn bij haar thuis! Hij wilde laten blijken dat dit voor hem een bijzondere gebeurtenis was. Een bloemetje was zo formeel. Net alsof hij voor het eerst met haar uit zou gaan. Dat stadium waren ze toch wel voorbij. Hij ging de stad in om iets leuks uit te zoeken. Iets wat niet formeel, stijf zou overkomen.

Herbert was er klaar voor en stond op het punt zich om te kleden, toen de telefoon ging.

May. "Je hoeft niet meer te komen," snauwde ze.

Herbert schrok hevig van de duidelijke woede in haar. En hij was even stil, wist niet wat hij hiermee aan moest.

"Wat is er, May? Wat is er gebeurd? Alsjeblieft, lieve May, waarom ben je boos, wat heb ik gedaan?"

"Niks, maar je hoeft niet te komen, nu niet en nooit niet," klonk het met een snik.

"Lieve, lieve May, dat kan toch niet. Ik hou toch van je, dan kun je dit toch niet doen. Ik moet weten wat er is. Zal ik nu meteen naar je toekomen om er over te praten?"

"Dan doe ik niet open."

"May, dit kan echt niet na alles wat wij met elkaar hebben. Je moet vertellen wat er is, daar heb ik recht op."

May was een hele tijd stil, zei niets, maar hing ook niet op. 'Wat moet ik doen?' vroeg Herbert zich wanhopig af.

"Ik zag je wel," klonk May vlak.

"Wanneer? En waar? En wat is daarmee?"

"Ik zag je wel met die vrouw. En je zoende haar. Op haar mond, lang, heel intiem."

"O, God, May toch. Die vrouw, dat was Henriette! Als we elkaar tegenkomen, zoenen we elkaar. Ja, dat doe je op de mond na zo lang met elkaar getrouwd te zijn geweest. Het klinkt misschien erg intiem, maar het is wat je gewend was met elkaar, het is vriendschappelijk. En zo gaan Henriette en ik met elkaar om. Dat moet je begrijpen, May. Dat staat niet tussen jou en mij."

May begon te huilen.

"O, Herbert, wat erg van me. Wat erg dat ik je niet vertrouwde. Ik schaam me. Wil jij mij nu nog wel?"

"Ik trek nu mijn jas aan en kom naar je toe. Tot zo!"

May deed open, duidelijk wat gehaast.

"Sorry, ik zie er niet uit. Maar ik was nog even in de keuken bezig en was er nog niet aan toe gekomen me om te kleden."

Herbert snoerde haar de mond door haar te omhelzen en op haar mond te zoenen.

"Je hoeft je niet om te kleden. Ik vind je leuk zo in je spijkerbroek en met je slobberige T-shirt. En dat je haar wild en slordig zit, maakt je alleen maar aantrekkelijker. Je bent zo echt jezelf."

"Dank je, lief gezegd. Maar ik ga toch even onder de douche en trek een jurkje aan. Dan voel ik me toch lekkerder. Ik zet je in de kamer, geef je een borrel – tequila, neem ik aan? – en dan kom ik gauw."

Het was een gezellige, sfeervolle kamer, met een bank, een paar makkelijke stoelen, een tafel en een klein bureautje. Aan de muur hingen wat tekeningen, een plaat van Mexico en een reproductie van Mondriaan.

May schonk de borrel in en vroeg Herbert de kaarsen aan te steken.

"Kaarsen geven zo'n sfeer, he. Ga lekker zitten, dan kom ik zo bij je."

Na een kwartiertje was ze terug. Ze had een zwart rokje aan en een groene blouse met lange mouwen. Haar haar had ze, net als in Mexico, in een paardenstaart en ze was licht opgemaakt, zag Herbert.

"Wat ben je mooi, May," zei Herbert oprecht.

"Dank je, dat moet ook voor jou. Ik neem een margarita en dan kom ik bij je op de bank zitten."

May deed wat zenuwachtig, wat geen wonder was: hij was tenslotte voor het eerst bij haar thuis. Maar toch maakte zij een zekerdere indruk dan Herbert van haar gewend was. Dat deed hem goed.

May ging tegen hem aan zitten, Herbert sloeg zijn arm om haar heen.

"Ik schaam me zo, Herbert. Ik schaam me dat ik jaloers was, terwijl jij daar nooit aanleiding voor geeft. Ik schaam dat ik meteen begon te brullen dat je weg kon blijven en ik je nooit meer hoefde te zien. Ik vind het zo erg! Ik ben niet geschikt voor een relatie; achterdochtig, jaloers, impulsief reagerend, en vooral pathologisch onzeker. Wat moet je met me, Herbert? Ik ben toch onmogelijk. Met mij valt gewoon niet te leven."

"Nee, lieve May, ik hou van je. Ik hou van je zoals je bent. Wel een moeilijk mens natuurlijk … Nee hoor, ik plaag je maar. Dat mag toch?"

"Ik wil niet moeilijk zijn voor je …"

"Dat ben je ook niet. Maar we moeten niet alleen maar serieus zijn, een plagerijtje hoort erbij om de stemming wat luchtig te houden. Of maak ik jou nu onzeker?"

"Nee, niet jij doet dat. Ik ben onzeker."

"Ben je ook in je werk onzeker?"

"Nee, helemaal niet. Ik beheers mijn vak, ik heb de regie en de patiënt rekent op mij. En dat kan ik aan, het kost me ook geen moeite."

"Dat is fijn en dat past ook helemaal bij jou. Wil je je bij mij nou ook wat zekerder voelen?"

"Ja, ik doe mijn best. Maar heb geduld met me. En zeg het alsjeblieft als ik weer wat stoms doe. Zoals ik vanmiddag deed."

"Ja, dat zal ik doen. We moeten nu verder over vrolijker dingen praten. Maar nog een serieus ding: Henriette. Het is denk ik goed dat ik je vertel hoe ik met haar omga. Ze is verleden tijd, maar hoort toch ook nog bij mijn heden, want zij is een stuk van mijn geschiedenis, van mijn vorming, van mijn zijn. We hebben van elkaar gehouden, we waren getrouwd met alle intimiteiten die dat inhoudt. Henriette heeft een nieuw leven opgebouwd toen ze me verliet, met een nieuwe relatie. We hebben nog contact, niet zoveel, maar als we elkaar zien, is het goed, is er geen boosheid. Als we elkaar ontmoeten, is het niet: 'dag, hoe is het met jou?' Dan geven we elkaar niet koel een hand, maar zoenen we elkaar, dan zoenen we elkaar op de mond, zoals we altijd hebben gedaan toen we nog getrouwd waren. Daar moet je niets achter zoeken. Ik heb jou nu, maar dat betekent niet dat ik wat ik met Henriette had helemaal kan uitwissen. En daarover moet je geen vervelende gevoelens hebben."

"Ik begrijp het. Het is goed dat je dat tegen me zegt. Ik moet Henriette accepteren zonder jaloezie. Ik wil haar graag eens ontmoeten."

"Dat kan. Zij zal het leuk vinden jou te leren kennen. Zo is ze ook, ze gunt mij mijn geluk."

May schonk nog eens in en haalde uit de keuken wat lekkers bij de borrel. Ze ging weer naast hem op de bank zitten en keek hem aan. Herbert had het gevoel dat hij moest overschakelen naar wat gezelligs.

"We hebben veel gepraat, over essentiële dingen in ons leven, maar heel weinig over wat we fijn of juist akelig vinden. Knuffel jij graag? Ben jij een huismus? Ben jij een koukleum? Wat vinden we leuk? Wat lezen we? Van welke muziek houden we? Houden we van spelletjes? Dat soort dingen. Ik ga je niet overhoren, maar ik vind het leuk te horen van wat voor dingen jij houdt."

"Ja, dat soort dingen leer je in de loop van de tijd van elkaar. Maar het is goed daar alvast over te praten, want we hebben veel in te halen. Ben ik een knuffeldier? Weet je, ik ben eigenlijk nooit aan knuffelen toegekomen. Ik ben dat muurbloempje toch? Maar met jou wil ik dat graag inhalen."

"Niks muurbloempje. Je bent mooi, je bent lief, maar je hebt je nooit de tijd gegund om te leven, niet altijd serieus bezig te zijn. Ik ga dat goed maken, lieve May."

"Je hebt gelijk, ik doe niet zo veel, vrees ik. Door altijd hard te moeten studeren, gunde ik me geen tijd voor andere dingen. En nu ik als arts werk, heb ik zo mogelijk nog minder tijd. Ik wil zo graag een goede dokter zijn dat ik me misschien ook geen tijd gun om te ontspannen. Dat is natuurlijk niet goed. Help jij me om daar beter mee om te gaan? Jij vertelde dat je een fanatiek schaker was. Doe je dat nog steeds?"

"Nauwelijks. Het komt er niet van. Ja, je moet wat ontspannener leren leven. Dat gaan we samen doen. Goed?"

"Graag."

Ze zaten een tijdje in gedachten verzonken. May streelde zijn hand. Herbert gaf haar een kus op haar wang.

"May, heb jij spellen in huis? Dan gaan we spelen en kletsen intussen en vertellen over wat we zoal leuk vinden. Dat gaat dan vanzelf tussen het spelen door. Vind je dat een idee?"

"Ja, leuk. Maar ik heb alleen maar Monopoly."

"Ideaal. Een pracht spel om karakters te leren kennen."

May pakte het spel en zei daarbij dat Herbert alles maar moest regelen omdat zij het heel lang niet had gespeeld. Hij verdeelde het geld, legde de kaarten van Kans en Algemeen Fonds klaar en pakte de pionnetjes.

"Zeg het maar: welke kleur wil je?"

"Groen."

"Ach ja, groen, onschuld, dat past bij jou."

"Zeg jij, lelijkerd. Daar zet meneer mij neer als een onschuldig doetje. Nou, ik zal je wel laten zien dat dat bepaald niet zo is. Kusje om het goed te maken."

"Je hebt gelijk, heel lelijk van me. Mea maxima culpa."

May begon met gooien. De negen leverde haar het Arnhemse Velperplein.

Herbert wierp vier en kon dus meteen geld geven aan de belastingen.

"En zo hoort het ook. Deze achterstand kom je niet meer te boven. Je mag me nu al feliciteren met mijn overwinning."

Ze speelden uiterst fanatiek verder. Het zat May behoorlijk mee. Ze speelde het spel ook keihard en vroeg hoge prijzen als Herbert een straat van haar wilde kopen. Herbert kwam dan ook op een steeds grotere achterstand.

"Zeg, nou moet ik de Neude van je hebben. Anders kan ik het wel schudden. Hoeveel moet die kosten, lieve May?"

May noemde een idioot hoog bedrag.

"Zeg toe nou, je maakt een grapje."

"Niks grapje, je kunt hem krijgen voor dit, behoorlijk schappelijke, bedrag en anders gaat het over. Zo simpel is het."

"Je bent een monster! Keihard."

"Ja, dat komt ervan als je mij een onschuld vindt."

Tijdens het spelen, hoe fel ze dat ook deden, kwamen ze toch ook tot het vertellen over zichzelf en hun liefhebberijen.

May las, als ze eraan toekwam, graag romantische geschiedenissen. Herbert hield van semiwetenschappelijke boeken en van biografieën. Herbert hield van spelletjes, terwijl May daar gewoon nooit aan toekwam. May ging graag de natuur in, iets dat hem niet boeide.

"Maar we gaan wel nog samen zeilen," herinnerde Herbert aan wat ze hadden afgesproken tijdens hun fietstochtje.

"Hum. Met al jouw bijbedoelingen zeker," reageerde May die door de drank veel vrijer was geworden.

"Nou zeg ik hum, dirty mind."

May vertelde dat ze een huismus was en als ze al uitging, dat naar een klassiek concert was. Herbert was ook helemaal geen uitgaanstype. En zo kwamen ze aardig wat van elkaar te weten.

"Poeh, wat is het ongemerkt laat geworden, al 3 uur," merkte May op.

"God ja, ik ben de tijd helemaal vergeten met ons bekvechten over de Ketelstraat, de prijs van een huis op het Hofplein, de onredelijke weigering van jou om een straat te verkopen. Wat kun jij een keiharde onderhandelaar zijn. Zo ken ik je niet. Ik dacht een lief, zacht, meegaand vrouwtje te hebben. Nou, vergeet het maar. Bitch!"

"Zeg, mij uitschelden! Ja, keihard, zo hoor je op te treden tegen eigenwijze, wiskundemannetjes. Maar ik heb genoten. Wat een goed idee om Monopoly te spelen. De ruzies kunnen we wel bijleggen, misschien. Maar nu ben ik best moe. Ik was ten slotte al om 7 uur bezig in het ziekenhuis. En ik heb ook te veel margarita's gehad, geloof ik."

"Het spijt me dat ik het zo laat heb laten worden. Maar het was reuze gezellig. En ik heb je leren kennen!"

"Ja, het was heel fijn."

Herbert was een tijdje stil. 'Zou hij het durven?'

"Zeg May, lieverd, mag ik bij je blijven slapen?"

"Maar ik heb maar één bed ... O, wat ben ik toch onnozel. We hebben genoeg aan dat ene bed! Toch?"

Ze liepen hand in hand naar de slaapkamer.

"Kijk je naar me als ik me uitkleed, Herbert?"

"Ja, ik kijk naar je."

"Moet ik dan een stripteaseshow geven?"

"Nee, ik wil je zien uitkleden zoals je altijd doet. Ik wil dat je jezelf bent, dat je het heel gewoon vindt dat je bloot gaat voor mij."

May liet langzaam haar rok zakken. Ze deed een voor een de knoopjes van haar blouse los en trok die uit. Ze keek daarbij Herbert uitdagend aan. May knipte haar behaatje los en wierp die van zich af. "En wat vind je van mijn borsten?" vroeg ze uitdagend. Ze stroopte ten slotte langzaam haar broekje af en ging op bed liggen. "Kom, Herbert, kom bij me."

Toen hij naast haar lag, voelde hij dat ze erg gespannen was. Voorzichtig doen dus, ze is zo kwetsbaar. Hij zocht haar mond. Ze opende haar lippen, zijn tong drong naar binnen; een hartstochtelijke kus, eigenlijk hun eerste. Hij zoende haar borsten en haar buik, verkende verder haar lijf. May werd minder gespannen en begon ook zijn lijf te verkennen. May zuchtte verzaligd na hun vrijen. Elkaar innig omhelzend vielen ze in slaap.

Om 6 uur ging de wekker. May moest aan het werk. Ze kleedden zich snel aan, zwijgend. Herbert bracht haar naar het ziekenhuis.

hoofdstuk 6

's Avonds belde Herbert haar op. Ze klonk gehaast toen ze de telefoon opnam.

"Ik vond het heel fijn. May, ik hou van je. Kan ik bij je komen om na te praten, en misschien nog wat meer …"

"Ja, ik vond het ook erg fijn. Maar ik moet nu meteen ophangen. Ik zit nu met mijn collega Demi haar lezing voor te bereiden. Ik bel nog wel."

En ze hing meteen op, zonder ook maar dag te zeggen.

Herbert was verbijsterd. Wat een reactie na deze zo bijzondere nacht, waarin ze voor het eerst de liefde hadden bedreven. Ze was toch nog meer bezeten van haar werk dan hij had gevreesd. Of zat het dieper? Had het iets te maken met afgelopen nacht? Hij moest maar afwachten tot zij zou bellen.

Maar de volgende dag hoorde hij nog niets van haar. Zou er wat zijn? Die nacht moest voor haar toch ook veel betekenen. Waarschijnlijk nog wel meer dan voor hem.

Hij kon zich niet inhouden en belde zelf. Maar ook nu geen gehoor. Herbert begon zich nu echt ongerust te maken. Hij wilde haar niet privé in het ziekenhuis bellen. Dus wachtte hij tot de avond.

"U spreekt met May Simons."

"Ha, waar was je? Ik heb me suf gebeld. Is er wat?"

"Ja, hoor eens, ik heb mijn werk, hoor," was het snauwerige antwoord.

Herbert was geschokt.

"Maar nu ik je toch heb, wil ik graag een afspraak maken om weer eens over mijn onderzoek te praten. Ik ben dit weekend bij mijn ouders omdat mijn moeder jarig is. Schikt jou komende dinsdag? En dan maar weer bij jou op het rekencentrum."

Herbert was verbijsterd: geen woord over die nacht dat ze voor het eerst met elkaar naar bed waren gegaan. Dat was toch iets heel bijzonders. Maar wel koel een werkafspraak maken!"

Hij perste eruit dat twee uur hem wel schikte.

"Afgesproken, je ziet me." En May hing zonder groet op.

Herbert wist zich geen raad met dit gesprek. Wat was er aan de hand? Had hij niet met haar naar bed moeten gaan? Was zij daar niet aan toe en verweet ze hem nu dat hij haar ermee had overdonderd? Maar ze leek toch oprecht gelukkig toen ze het hadden gedaan. Heel apart vond hij dat ze geen woord had gezegd over die nacht, maar wel een zakelijke afspraak wilde maken. Hij begreep er niets van. Maar hij kon niet anders dan afwachten hoe het dinsdag zou gaan.

May kwam zijn kamer binnen met een strak gezicht. Ze zei "dag," ging zitten en pakte wat papieren uit haar tas. Herbert keek zwijgend, afwachtend toe.

"Ik heb met de professor over mijn onderzoek gepraat. Het idee is patiënten met een ernstige graad van CARA te nemen. Zij krijgen dan gedurende een bepaalde periode prednisolon toegediend. En dan bepalen we elke dag longfunctieparameters, zoals de vitale capaciteit, en nog wat andere maten die de kwaliteit van de longen bepalen. We bestuderen dan het effect van de prednisolon op deze parameters. En natuurlijk onderzoeken we de relatie van dit effect met geslacht, leeftijd, gewicht en zo. We hebben al een paar patiënten, maar ik moet …"

"May, May toch, hou op. Hou op met zo afstandelijk te doen. Ik ben het, Herbert, en we kunnen toch niet zo koel en zakelijk praten en vergeten wat er tussen ons is. Alsjeblieft, May."

De tranen schoten May in de ogen. Herbert kon het niet laten en nam haar in zijn armen. Gelukkig was de deur van zijn kamer dicht.

"Kom, we moeten praten. We gaan weer wandelen langs het Reitdiep.

Daar aangekomen begon May meteen.

"Ik kan het niet, Herbert," snikte ze, "ik ben niet geschikt voor een relatie. Ik vond het heerlijk met jou te vrijen, maar daarna begon ik weer te twijfelen. Deden we er wel goed aan met elkaar naar bed te gaan? Was het niet te vroeg? Had ik niet te veel gedronken en liet me daardoor te veel gaan? Ben ik wel goed genoeg in bed? Ik ben natuurlijk niet helemaal achterlijk en besef best dat je op onze leeftijd met elkaar naar bed kunt gaan zonder dat dat wat betekent voor de toekomst. Maar, bij ons is er meer. Toch? Maar is dat genoeg om het te doen? Ben ik wel geschikt voor een vaste relatie of ben ik daarvoor domweg te onzeker? Ik weet het niet, Herbert. Ik ben een verschrikkelijk mens. Toch? Je mag best van me af, hoor. Maar wil je me dan toch blijven helpen met mijn onderzoek?" besloot May timide.

Herbert nam May in zijn armen. "Hou toch op, May, je bent een geweldige vrouw."

"Ook in bed?"

"Zeker, ook in bed. Probeer wat meer zelfvertrouwen te krijgen, net als in je werk als dokter. En als er wat is, als je twijfelt, ga dan niet zitten kniezen, trek je niet terug, maar kom bij mij. Alsjeblieft, May, doe dat. Ik hou van je zoals je bent."

May begon hard te huilen. Herbert probeerde haar rustig te krijgen.

"Ja, dankjewel voor je steun. Je verdient meer dan de sukkel die ik ben."

"Kom, en ik accepteer geen tegenspraak. We pakken onze fietsen, rijden naar jouw huis, laten de Chinees wat lekkers bezorgen en dan is de avond voor ons samen. En ook het bed!"

"Gaat het dan om het bed of om wat er in ligt?"

"Gelukkig ben je je gevoel voor humor niet verloren."

May zette koffie, heel huiselijk. Ze gingen op de bank zitten.

"Wat moet je nou met mij, Herbert, ik geef je alleen maar ellende. Door mijn gedoe wordt het nooit wat met ons."

"Het is al wat met ons, ik hou van je. Hou alsjeblieft op met jezelf te kleineren. Ik vind je geweldig en dat je soms zo weinig zelfvertrouwen hebt, geeft niets. Ook ik heb mijn gebreken, hoor. En daar mag je best kritisch op zijn, nee, dat moet je zelfs. Je moet zo nu en dan boos op mij zijn en dat ook zeggen. Snauw maar eens tegen me."

"Dat heb ik al gedaan en dat spijt me, want dat verdien je niet."

"Oké, daar hebben we het niet meer over. Denk erom: het is in een relatie geven en nemen, en de een is niet meer dan de ander. En dat is het laatste stichtelijke dat ik vandaag zeg. Weet je, weet je dat ik het ontzettend gezellig vind dat we zo huiselijk bij elkaar zitten. Dat heb ik de laatste jaren als man alleen enorm gemist. Je koffie is heel lekker, maar nu heb ik zin in een borrel. Heb je wat in huis?"

"Ja, sinds Mexico heb ik tequila en margarita in huis. Het staat in de keuken. Pak jij het?"

Ze dronken een borrel, ze bestelden iets van de Chinees, ze aten het gezellig op en dronken koffie. May gaapte hevig.

"Sorry, maar ik had doordat ik achterwacht had een heel kort nachtje, heb nog geen drie uur geslapen."

"Sorry, ik had beter op je moeten letten, rekening houden met je diensten. Ga maar gauw naar bed."

"Herbert, luister, mag ik je wat vragen? Wil je weer bij mij blijven slapen?"

Herbert was verrast, maar blij dat May dit initiatief nam.

"Natuurlijk, graag, je zegt geen nee als een mooie vrouw zoiets vraagt."

Ze keken naar elkaar bij het uitkleden. Ze kropen naakt in bed. Ze omhelsden en kusten elkaar, eerst teder, dan steeds hartstochtelijker.

"Herbert, lieverd, ik ben eraan toe, kom je in me?"

hoofdstuk 7

Nadat ze zo heel moeilijke momenten hadden overwonnen, werd de relatie tussen May en Herbert steeds stabieler. May kreeg meer zelfvertrouwen en werd meer ontspannen. En zo groeide er een innige, evenwichtige band tussen hen.

Ze bleven zelfstandig wonen, maar kwamen vaak bij elkaar en deden de meeste dingen samen. Toen May voor het eerst bij hem thuis kwam, had Herbert zich uitgesloofd en een uitgebreid maal klaargemaakt. Daarvoor kreeg hij van haar alle lof.

"Jij kunt koken, zeg! Heel wat beter dan ik."

"Ik vrees dat ik, omdat jij bij me eet, mezelf heb overtroffen. Normaliter breng ik weinig terecht van koken. Ik rotzooi maar wat aan."

"Dat wordt wat als we samen wonen," merkte May op, terwijl ze bloosde door dat ze het samenwonen zo spontaan aan de orde stelde.

Voor beiden was het druk op het werk. Herbert was bezig een nieuwe cursus te ontwikkelen, wat hen ook wel 's avonds en in het weekend bezig hield. Ook had hij nogal wat klanten. Sanne raadpleegde hem geregeld over haar onderzoek. Ze leefde sterk mee met zijn relatie met May, wat Herbert erg op prijs stelde.

May had het druk in het ziekenhuis. De vele patiënten met luchtwegklachten vroegen veel aandacht. Vaak was ze nog 's avonds op de kliniek bezig. Daardoor moest het werken aan haar onderzoek vaak 's avonds, en geregeld tot diep in de nacht, gebeuren. Dan kwam ze met kleine slaapoogjes bij Herbert, die dan erop aandrong dat ze zich in acht moest nemen. Hij maakte zich ongerust over haar gezondheid. Maar ze ging er toch mee door. En dat leidde soms tot heftige scenes.

Op een nacht maakte May het zo bont dat Herbert echt boos werd. Ze was die avond bij hem. Ze was bezig met het schrijven van een artikel als onderdeel van haar proefschrift. Om 10 uur zei ze dat hij maar naar bed moest gaan, want zij wilde nog even werken. Zij trok zich terug in de studeerkamer. Herbert schrok om 2 uur wakker. May lag niet naast hem in bed. Hij liep naar de studeerkamer, waar ze nog druk bezig was.

"En nu ophouden en naar bed. Je moet weer om zes uur op en de hele dag werken. Als je zo door gaat, word je hartstikke ziek."

"Even nog. Ik ben net lekker bezig, ben bijna klaar met dit stukje. Ga maar weer in bed, ik kom zo. Echt."

Herbert ging mopperend terug en wachtte. Hij viel in slaap.

"Hij schrok wakker van May die net onder de douche vandaan kwam en bloot voor hem stond.

"Ben je al gedoucht? Ik heb niet gemerkt dat je in bed kwam en er weer uit bent gegaan. Hoe laat is het?"

"Het is bijna zes uur. Ik heb doorgewerkt en ben helemaal niet in bed geweest," bekende ze schuldbewust.

Toen werd Herbert zo boos op haar dat ze begon te huilen.

"Waar ben je mee bezig? Ik moet je gewoon onder curatele stellen met het plegen van roofbouw op je gezondheid. Jij, onvolwassen stommeling."

Nu werd ook May razend. Ze kleedde zich aan en schreeuwde:

"Jij bemoeizuchtige rotzak, ik wil je niet meer zien. Geen wonder dat Henriette bij je is weggegaan." En ze rende woedend de deur uit.

Herbert was kapot van die scene, hun eerste ruzie. Hij had het goed bedoeld, maar het stom aangepakt. Dit had ze niet verdiend. Wat was hij toch een oen. Hij ging eind van de middag naar haar flat. Hij had een sleutel, dus kon hij zo naar binnen. En het wachten begon. Pas om 11 uur hoorde hij haar binnenkomen.

May schrok toen ze hem zag.

"Wat doe jij hier? Ik zei toch dat ik je nooit meer wilde zien."

En May begon te huilen. Herbert nam haar in zijn armen en zo stonden ze heel lang. Tot May ophield met huilen.

"Het spijt me zo, lieve May, het spijt me dat ik zo lelijk tegen je heb gedaan. Maar ik was ongerust, zo bang dat je ziek zou worden door zo hard te werken."

"Nee, Herbert, het is helemaal mijn schuld. Ik had het niet moeten doen, en zeker niet tegen jou schelden. En ik schaam me zo over wat ik over Henriette heb gezegd. Lieve Herbert, kunnen we het goed maken? Alsjeblieft. Ik wil je niet missen. Ik kan je ook niet meer missen."

Ze maakten het in bed goed. En ze praatten erover hoe ze met elkaar moesten omgaan, elkaar accepteren en de ruimte geven. En praten, vooral praten als er wat was. Na deze vervelende scene, gingen ze veel harmonieuzer met elkaar om.

Al met al hadden ze weinig tijd voor elkaar. Maar de tijd die ze hadden, besteedden ze vooral thuis en dat was warm en gezellig. Om te voorkomen dat ze altijd bezig waren met hun werk, spraken ze af dat May naar het rekencentrum kwam als ze Herberts hulp nodig had.

Het vlotte aardig met het onderzoek. May was druk bezig de literatuur te bestuderen. En ze had al wat gegevens uit de statussen gehaald. Herbert bracht die data over op ponskaarten en schreef een programma om de eerste analyses te maken. May was erbij toen de eerste resultaten uit de printer kwamen. Ze namen die meteen mee naar zijn bureau om ze te bekijken.

"Spannend. Ik ben ontzettend benieuwd," vond May.

"Kijk wat we hebben. Per patiënt hebben we de uitslagen van de longfunctieparameters op een rijtje gezet. En daarvan heb ik, althans de computer, een grafiekje gemaakt zodat je het verloop in de tijd kunt zien. Kijk, bij deze patiënt zie je dat er een stijging is bij alle longfunctieparameters. En bij die tweede zie je de vitale capaciteit stijgen, terwijl de andere parameters gelijk blijven. Die derde patiënt stijgt eerst, maar neemt dan af bij alle parameters. Je ziet dus duidelijk verschillende patronen. Die moet jij karakteriseren en, als we meer gevallen hebben, in verband brengen met de patiëntgegevens. En natuurlijk uiteindelijk met de toediening van prednisolon."

"Geweldig interessant. En mijn eerste resultaten! En jij praat erover als een longspecialist."

"Ja, onderschat mij niet. Ik heb ten slotte in Mexico City een voordracht gehouden voor een paar duizend longspecialisten."

"Ja, die voordracht die ik toen jammer genoeg heb gemist."

"En hoe gaat het met de studie van de literatuur? Is dat boeiend of vooral een kwestie van stevig ploegen?"

"Ja, soms is het doorbijten. Dan moet je het gewoon gezien hebben. En soms is het heel boeiend. Ik kreeg net een artikel dat ook over het effect van prednisolon gaat. Heel interessant en ik heb er echt wat aan voor mijn eigen onderzoek. Het is geschreven door een onderzoekster uit Indonesië."

"O ja? Hoe heet ze?"

"Ondang, of zoiets."

"Ranomi Ondang. Die ken ik, die heb ik in Mexico ontmoet."

Herbert vertelde maar niet hoe intensief die ontmoeting was geweest!

Zo waren May en Herbert lekker bezig. Ze hadden deels hun eigen leven, maar deden ook veel samen. Hoewel ze het strikt zakelijk hielden, gaf het samen werken aan haar onderzoek toch ook een band.

hoofdstuk 8

Er waren dagen dat ze elkaar niet zagen en zelfs geen telefonisch contact hadden. Dan verlangden ze hevig naar elkaar en maakten meteen een afspraak. Dan aten ze bij elkaar, speelden weleens een spelletje of keken televisie. En dan sliepen ze bij elkaar. May ontwikkelde zich tot een vurige minnares en nam vaak het initiatief voor het vrijen.

Toen kwam het moment dat er kennis moest worden gemaakt met de ouders. May had wel verteld over Mexico en dat ze daar veel was opgetrokken met een man die ook uit Groningen kwam. Ze had het contact behouden, vertelde ze nog. Maar verder had ze niets over Herbert gezegd.

May belde haar moeder: "Ik heb een vriend die ik graag aan jullie wil voorstellen. Kunnen we binnenkort eens langs komen?"

"Natuurlijk, gezellig. We vinden het altijd leuk jouw vrienden te leren kennen. Blijf dan het weekend, want we hebben jou zo lang niet gezien. We moeten nodig bijpraten. En dan kunnen we ook uitgebreid kennis maken met jouw vriend. Ik maak dan een lekkere rijsttafel."

Een heel weekend vond May wel wat veel, maar ze wilde haar moeder ook niet teleurstellen. Ze moest Herbert maar zo ver zien te krijgen. Dat kostte best moeite, maar hij begreep dat hij er niet onderuit kwam. Wat moest hij aantrekken? Pa was hoogleraar en mogelijk wat deftig. Maar ook was hij socioloog en die waren vaak nogal alternatief. En van haar moeder wist hij helemaal niets. May zei heel weinig over haar ouders. May raadde wat informeels aan. Zelf ging ze in een nette spijkerbroek en een blouse.

De ontvangst was heel hartelijk, bijna enthousiast te noemen.

"Wij vinden het heel leuk als May een vriend meebrengt. Welkom, meneer Smit, dat was het toch?"

"Ja, maar zegt u alstublieft Herbert. Ik vind het leuk dat ik nu de ouders van May leer kennen."

Ze dronken thee in de tuin, met een koekje, wat Herbert erg burgerlijk vond. May voelde dat aan en grijnsde naar hem. Achteraf was er geen sprake van burgerlijkheid. Na wat gesnuffel om elkaar nader te leren kennen, was het ijs snel gebroken en werd het heel gezellig.

"May is nooit zo mededeelzaam, en het is ook niet erg beleefd, maar wat doe je voor de kost, Herbert?" wilde Pa Simons weten.

Deze vertelde dat hij op het rekencentrum werkte op het gebied van de statistiek en de computer.

"Ah, interessant. Voor mij ook wel bekend terrein. Althans mijn medewerkers rekenen heel wat af en ik hoor ze vaak over de statistiek praten. De term significant is ze in de mond bestorven. May vertelt niet zoveel over haar onderzoek, maar ik begrijp dat ook bij haar de statistiek van essentieel belangrijk is. Dan kun je haar mooi helpen."

"Ja, dat doet hij ook," mengde May zich in het gesprek. "Het is de statistiek die ons bij elkaar houdt... Grapje!"

Nadat de vader ook nog een glaasje wijn in had geschonken, ging het gesprek geanimeerd verder.

"U, je bedoel ik. Wat een gedoe, noem ons ook maar bij de voornaam, graag. Het is Hans en Marlies. Nou ben ik de draad kwijt van wat ik wilde zeggen. Je hebt in Groningen gestudeerd, maar komt uit de omgeving van Haarlem, heeft May wel verteld. Zo'n weg hebben wij ook gevolgd en we hebben daar nooit spijt van gehad. Hoe zit dat bij jou? Zou je wel terug willen naar de Randstad?"

"Met mij gaat het precies zo. Ik heb hier vrienden opgedaan, ken de weg en voel me hier echt thuis. En natuurlijk bindt jullie dochter me nu hier!"

Herbert liet zich aanleunen dat hij min of meer werd uitgehoord, want hij snapte wel dat ze nieuwsgierig waren naar wie May meebracht. Hij had overigens niet het gevoel dat ze doorhadden dat ze al een intieme relatie hadden.

50

De rijsttafel die moeder Simons had gemaakt, smaakte meer dan voortreffelijk. Herbert, met zijn familie uit Indië, complimenteerde haar uitbundig.

Na het eten ging het gesprek over meer algemene zaken: de universiteit, de politiek, de spanningen in de wereld en ten slotte wat dichter bij huis: het wonen in Peize.

May begon hevig te gapen.

"Moe, meisje? Druk gehad?" vroeg haar moeder bezorgd.

"Ja, het is erg druk in het ziekenhuis. En ook mijn onderzoek houdt me erg bezig. Dus kom ik wel wat slaap tekort."

"Nou, jullie kunnen slapen hoor, jouw kamer staat er nog en ik heb het logeerbed voor hem opgemaakt."

"Zeg moe, toe nou, je denkt toch niet dat we in aparte bedden slapen."

"O, o, dat had ik niet begrepen. Zijn jullie al in dat stadium? Wat fijn. Daar ben ik blij om. Meer dan jouw eenpersoonsbed heb ik niet te bieden. Maar dicht tegen elkaar zal voor jullie geen probleem zijn, neem ik aan."

"Nee, moeder, dat is voor ons zeker geen enkel probleem!"

Daarna gingen ze naar de ouders van Herbert. May was duidelijk nerveus, maar Herbert verzekerde haar dat zijn ouders heel informeel waren en zij erg welkom was. Ook Herbert had weinig over May verteld, dus ook nu werden ze ongemerkt uitgehoord. Althans, Herbert deed net of hij het niet doorhad.

Het leuke van dit weekend was dat Herbert aan May kon laten zien waar hij was opgegroeid. Hij liet zijn oude school zien en zijn hockeyclub. Ze gingen uitgebreid de stad in en dronken koffie op een terrasje aan de Grote Markt. En natuurlijk gingen ze naar Zandvoort, waar ze hand in hand een lange strandwandeling maakten. Herberts moeder had de situatie goed ingeschat en had een tweepersoonsbed voor hen opgemaakt.

"Heerlijk, we mogen samen slapen. Het is zo'n fijn weekend. Ik vind het fijn dat ik nu de omgeving van je jeugd ken. Dat brengt ons nog dichter bij elkaar," zei May terwijl ze hem kuste.

Bij het afscheid zeiden zijn ouders tegen May dat ze heel erg blij waren met haar.

Ze gingen heel weinig uit. Dat kwam vooral omdat ze het erg druk hadden. Naast haar werk in het ziekenhuis wilde May al haar tijd besteden aan haar proefschrift. De haast die ze tijdens haar medische studie had, was niet over. Herbert probeerde haar wat af te remmen omdat hij bang was dat ze zich zou overwerken. Maar desondanks werkte ze geregeld tot een uur of twee, drie in de nacht door, terwijl de wekker om zes uur weer ging. Als Herbert daar boos om werd, was het:

"We hebben hier een keer ontzettende ruzie over gehad en dat wil ik nooit meer. Dus laat me. Alsjeblieft."

Soms gingen ze uit. En dan voornamelijk naar een klassiek concert, waar May een liefhebber van was. Herbert hield meer van jazz, maar leerde door haar de klassieke muziek waarderen. Toen May een keer mee ging naar de Dutch Swing College band, vond ze de dixieland toch ook leuk.

Ook gingen ze weleens uit eten, meestal Mexicaans, een enkele keer ook Chinees.

Op bezoek gaan deden ze weinig, ze hadden genoeg aan elkaar. Demi kwam wel eens spontaan langs om buiten de werkomgeving met May bij te kletsen. De eerste keer dat ze kwam, stelde Herbert vast dat hij en May bij elkaar waren gekomen dankzij Demi.

"Als toen in Mexico jouw dochtertje niet ziek was geworden, was May niet bij mijn groep terechtgekomen en hadden we elkaar nooit ontmoet. Met recht een geluk bij een ongeluk! Gelukkig viel het toen erg mee met jullie dochter."

Herbert had ook veel contact met Sanne. Die schoot goed op met haar onderzoek over nierfalen. Ze had een enorme hoeveelheid data verzameld. En die moesten statistisch bewerkt worden. Ze had de cursus van Herbert gevolgd om zelf wat te kunnen doen en om beter te begrijpen wat Herbert met haar data deed. Die bleef het grootste deel van het werk voor haar doen omdat zij, naast haar klinische werk, daar onvoldoende tijd voor had. En ook vond Herbert dat er geavanceerde statistische methoden moesten worden gebruikt waar zij niet voldoende verstand van had. Zo zat Sanne geregeld aan zijn bureau om de uit te voeren analyses en de resultaten ervan te bespreken. Ze kwamen er samen altijd goed uit en hadden het ook wel gezellig met elkaar.

Na een druk en intensief gesprek over haar onderzoek, gingen ze samen op een terrasje napraten. Voor het eerst vertelde Sanne daarbij iets over zichzelf. Ze was geboren en getogen in Velp en had in Arnhem het gymnasium gedaan. De eerste jaren van haar studie in Groningen had ze veel gefeest, gaf ze toe.

"En ik had ook altijd wel een vriendje."

"En deed je daar ook stoute dingen mee?" vroeg Herbert lachend.

"Daar deed ik ook stoute dingen mee, ja. Maar nu ben ik een net meisje hoor," grijnsde Sanne.

Vanaf mijn vierde jaar werd ik serieus. De studie begon me toen meer te boeien en ik werd echt verliefd. Een vast vriendje dus en, verrassend, onze Sanne veranderde in een serieuze, hard-werkende studente. En dat werd nog sterker toen ik coschappen ging lopen."

"Een onbescheiden vraag. Ik hoor je nooit iets zeggen over een partner. Hoe zit dat? Of is dat al te privé? "

"Mijn vriend is twee jaar geleden overleden. Aan leukemie."

"Wat erg voor je. Sorry dat ik er over begon."

"Het geeft niet, ik moest het toch ooit vertellen. Wij zijn zo dicht bij elkaar gekomen, dat we dit soort dingen van elkaar moeten weten. Ik weet toch ook van jou van alles over May en over haar leukemie."

"Wees eerlijk, vind je het niet moeilijk May te zien? Zij heeft de ziekte overwonnen, en jouw vriend niet. Doet dat geen pijn?"

"Toen je het vertelde van May gaf dat een schok. Ja, dat is zo. Maat toen ik haar kende, was ik alleen maar gelukkig dat zij het heeft kunnen overwinnen. Ze is zo dapper. En zo'n schat. Zorg goed voor haar, Herbert."

Herbert was geschokt over wat Sanne had verteld en vertelde het aan May.

"Wat erg. En ze kan er over praten. Hoe kwam ze ertoe dat te vertellen?"

"We zaten op een terrasje even uit te blazen van het werk ..."

"Zo ..."

"Ja, ik beken: ik was zo maar uit met een andere vrouw!"

"Met Sanne mag dat. Jullie hebben zo'n goed contact, geloof ik. Ik zou haar best willen leren kennen. Kun je haar niet vragen eens bij ons te komen eten?"

En dus kwam Sanne eten.

Ze nam een fles wijn mee. "Bloemen vind ik zo formeel!"

De toch altijd wat geremde May ontving haar hartelijk met een omhelzing.

"Ik vind het fijn je te leren kennen. Herbert heeft het vaak over je. Wij hebben heel wat om over te praten. We werken beiden als arts, we doen beiden onderzoek, we worden daarbij beiden door Herbert geholpen. En ja, en wat Herbert vertelde over je vriend ... Ik begin er maar meteen over, want we ontkomen er niet aan het er over te hebben. Ik heb het overwonnen, jouw vriend heeft het niet gehaald. Dat maakt het extra moeilijk. Het is verschrikkelijk. Ga lekker zitten, dan zorgt Herbert wel voor de borrel."

Herbert trok zich bescheiden terug in de keuken om wat lekkers bij de borrel klaar te maken, zodat de meiden nader kennis konden maken.

"Het is goed van je, May, er meteen over te beginnen, anders gaan we het onderwerp misschien spastisch vermijden. Je vindt het misschien pijnlijk dat jij er zo zit en mijn Piet is er niet meer. Maar dat moet je niet zo voelen. Ik ben er alleen maar blij mee dat jij het hebt overwonnen. En ik ben blij voor Herbert die zo betrokken over jou en jouw gevecht met de leukemie vertelt. En zo gelukkig is met jou. Ik heb nog veel verdriet, maar kom er wel overheen. We weten alle twee wat het is, wat leukemie betekent. Zullen we het dan maar niet meer hierover hebben? En er een gezellige avond van maken. Ik vind het heel leuk kennis met je te maken, May."

"Zo dames, hier zijn de drankjes. En wat lekkers bij de borrel, door mij hoogst persoonlijk gemaakt. Dus heb niet het lef het niet lekker te vinden."

Het werd een mooie avond. May had Indisch gekookt en kreeg daarvoor alle lof. Maar vooral werd er gezellig gekletst. De dames vonden elkaar en Herbert volstond met hun verhalen aan te horen en de drank in te schenken.

'O, wat fijn May zo ontspannen en levendig te zien,' dacht Herbert vertederd. 'En wat is Sanne toch ook een prachtige meid. Ze moet het best moeilijk hebben May zo te zien, terwijl haar vriend aan dezelfde ziekte als zij is gestorven. Maar het is niet aan haar te merken, zo leuk als ze met May zit te kletsen."

Ongemerkt werd het laat. Sanne vond het niet nodig dat Herbert haar zo diep in de nacht thuisbracht. Ze kon best op de fiets. Ze omhelsde May innig.

"Het hoort natuurlijk niet in een zakelijke relatie, maar ik ga ook jou knuffelen, Herbert" zei Sanne, terwijl ze hem stevig omhelsde en hem op zijn mond zoende.

hoofdstuk 9

"Moet je nou eens kijken wat een truttig badpak. Zo kan ik me toch niet vertonen als ik met jou ga zeilen. Ik ga morgen meteen een bikini kopen," mopperde May.

"Ik ga wel met je mee om iets moois uit te zoeken."

"Zeg kom nou, niets ervan, het moet ook een verassing voor jou zijn."

"Niet al te mini hoor, anders word ik jaloers als de kerels naar dat verrukkelijke lijf van je kijken."

"Ah, je brengt me op een idee!"

May maakte wat broodjes en wat te drinken klaar en ze gingen al vroeg naar het Zuidlaardermeer, waar Herbert een valk had gehuurd. Het was een prachtige dag. De zon scheen fel en er stond een matig windje. Het was rustig op het water zodat ze de ruimte hadden om comfortabel te zeilen. Herbert nam het roer, terwijl May de fok bediende. Ook May nam een tijdje het roer over. Herbert gaf haar instructies hoe ze het roer en het grootzeil moest bedienen. En wanneer ze moest uitwijken voor andere boten. Het was voortdurend: "Nu een beetje afvallen. Nee, ik zei afvallen en niet oploeven."

"Zeg, hou eens op met commanderen, kapitein. Neem jij het roer maar weer. Ik kan het toch niet goed doen. Dan ga ik lekker zonnen."

Ze trok langzaam en uitdagend haar T-shirt en haar short uit.

"Pfff, dat is mini! Wel erg bloot, zeg, gewoon opwindend."

"Let jij nou maar op het roer in plaats van je aan mij te verlustigen."

Herbert zag de langsvarende mannen naar haar kijken. En vond het mooi, dat ze zich zo vrij voelde, zich zo liet gaan.

"Je geniet zeker van die kerels die zo naar je kijken. Maar denk erom, al dat moois is alleen voor mij."

May lachte hem liefjes toe.

Na een tijdje schoven ze het riet in om koffie te drinken en te lunchen. Herbert streek de zeilen en May pakte de lunch uit. Ook moedereend met haar jonkies werd goed bedeeld.

"Schattig, die donsjes," merkte May vertederd op.

"Ik geniet, Herbert, heerlijk zo. Geef me maar een kusje. En nu ga ik bruin worden," kondigde May aan,

Ze trok het bovenstukje van haar bikini uit en ging op de bodem liggen.

"Heb je het warm?" vroeg Herbert grappend.

"Misschien is dat het wel."

"Hoe mooi je bikini ook is, maar zonder ... Herbert ging naast haar liggen.

"Seksist!" fluisterde May, terwijl ze verzaligd haar ogen sloot.

De golfjes kabbelden zachtjes langs hun boot. Het eendje met haar zes kuikentjes kwaakte of er nog iets te eten was.

"Voel ik nou een paar lippen om mijn tepel?" fluisterde May zonder haar ogen te openen.

Ze stroopte haar bikinibroekje af en ze vreeën uitbundig.

Het eendje zwom kwakend weg, teleurgesteld dat ze niets meer kreeg.

hoofdstuk 10

May had 24-uursdienst. Het was niet erg druk, zodat ze ook aan slapen toekwam. Maar om 3 uur in de nacht werd ze opgepiept. Op de intensive care hadden ze haar nodig. Ze haastte zich er heen en werd daar opgevangen door een verpleegster, die zich voorstelde als Henriette. Die vertelde dat er vanuit de spoedpoli een patiënt was binnengebracht die ernstig benauwd was. De verpleging had alvast zuurstof toegediend en een infuus ingebracht.

"En het is nu aan jou, dokter."

'Henriette?' May schrok op. 'Was dit dé Henriette?' Ze hielp eerst de patiënt, daarbij bekwaam geholpen door de handige en doortastende zuster. Toen de patiënt stabiel was, keek ze de zuster nog eens goed aan. Het zou heel goed kunnen dat ze het was. Ze leek in ieder geval op de vrouw die Herbert toen had gezoend en waarover ze zo ontdaan was geweest. En ook de leeftijd, een jaar of vijfendertig, kon kloppen. 'Ik moet het toch weten,' besloot ze.

"Heb ik goed verstaan dat jouw naam Henriette is?"

"Ja, dat klopt. Jouw naam is mij ontgaan, sorry."

"Sorry, maar die had ik ook niet genoemd. Ik was wat verward toen ik je naam hoorde. Het is misschien erg brutaal, maar ben jij dé Henriette, van Herbert Smit, de ex bedoel ik. Sorry, ik praat wat verward. Ik ben May."

"Goh, ben jij nou May? Dé May. Wat leuk jou te leren kennen, al is dat dan in een wat bizarre omgeving. Ik zag je wel bezig in het ziekenhuis, maar heb er nooit aan gedacht dat jij May was. Herbert heeft wel over jou verteld."

"En mij over jou."

"Niet al te slecht, hoop ik," zei Henriette grijnzend.

"Nee, hoor, geen kwaad woord over jou."

"Zeg, dit is wel een heel rare plaats om te kletsen, om nader kennis te maken. Als je dat tenminste wilt. Zullen we als we

klaar zijn met onze dienst koffie gaan drinken in de kantine?"
stelde Henriette voor.

Dat vond May een goed idee. Om kwart over zeven kwam ze
de kantine in, toch wat nerveus voor het gesprek met Henriette.
Henriette was er nog niet.

"Sorry dat ik wat laat ben, maar de overdracht naar de dagdienst
liep wat uit. Goh, May, ik ben gewoon blij jou nu te kennen,"
zei Henriette hartelijk.

"Ja, ik ook. We hebben eigenlijk veel gemeen, van dezelfde
man houden, met hem soortgelijke dingen doen, maar onze situatie is ook volkomen verschillend."

"Ja, ik ben zijn verleden. En jij zijn heden en zijn toekomst.
Met mijn nieuwe relatie is Herbert voor mij echt voorbij, hoewel
we best nog een goed contact hebben."

"Ja, ik vind het heel knap zoals jullie met elkaar omgaan,
zonder enige boosheid."

"Het is natuurlijk vooral knap van hem. Ten slotte ben ik
het die hem in de steek heeft gelaten. Maar ik ben blij dat we zo
goed met elkaar om blijven gaan. En ik vind het fijn dat hij jou
nu heeft, een nieuw geluk. Ik vind het wel een rare gedachte.
We hebben alles gedeeld, liefde, boosheid, problemen, vreugde.
Met al zijn intimiteiten! En nu deel jij dat allemaal met hem.
Weet je, het is natuurlijk heel raar dat ik, nu ik je zie, denk, laat
ik het netjes zeggen: met deze vrouw slaapt hij nu. Een rare gedachte, he, sorry, misschien ben ik wat euforie door zolang niet
te hebben geslapen. Dit was de eerste nacht en ik heb niet vooraf
geslapen. Vandaar."

"Wat ben je toch heerlijk spontaan en open, Henriette. Maar
ik ben ook weleens jaloers moet ik bekennen, al weet ik dat jullie
niets meer met elkaar hebben. Dan denk ik wel: met Henriette
was hij volkomen intiem. En dan denk ik: kom ik met Herbert
ooit zover als zij met hem was?"

"Ja, ongetwijfeld. Heb vertrouwen. Ik weet nu al dat je een
goed mens bent en jullie zullen slagen. En dat gun ik jou. En

dat gun ik Herbert. Het is dan wel over met hem, maar ik kan en wil niet vergeten dat we veel van elkaar hebben gehouden en veel met elkaar hebben gedeeld. Ook het bed, ja!"

Zo kletsten ze nog een tijdje door. Over het ziekenhuis, over hun werk, over collega's. Henriette wilde nog weten hoe precies May en Herbert elkaar hadden leren kennen. Ze vertelde ook nog heel open, hoe haar relatie met Herbert was gestrand.

"Helemaal mijn schuld, al is Herbert zo lief te zeggen dat ook hij schuld heeft."

Zo kwamen May en Henriette heel dicht bij elkaar. Ze omhelsden elkaar innig bij het afscheid en spraken af contact te houden.

"Dan kunnen we lekker over Herbert roddelen," grapte Henriette.

Henriette ging naar huis om te slapen. May moest voor haar 24-uursdienst nog tot zes uur werken. Ze was best opgewonden van haar ontmoeting met Henriette. 's Avonds vertelde ze het uitgebreid aan Herbert. Die vond het prachtig. Hij wilde wel dat ze elkaar leerden kennen, maar hij had er tegen opgezien ze bij elkaar te brengen. May kon namelijk onverwacht wat nukkig en jaloers reageren. Hij was ook blij dat de twee vrouwen elkaar zo aardig vonden.

"We moeten haar maar eens te eten vragen," zei hij, "maar zonder hem, want met hem ben ik bepaald niet op goede voet."

"Nou, dat weet ik niet, hoor," reageerde May. "Dat vind ik wel een beetje raar: jij met je ex-vrouw en met je huidige vriendin. En hoe zouden wij vrouwen dan tegen onze gemeenschappelijke man aankijken? Nee, ik wel best contact met haar hebben, maar met haar en jou eten, nee, dat vind ik een slecht idee."

Herbert moest naar een internationaal congres van lieden die zich bezig hielden met statistische programmatuur.

"Mijn lieve May, ga je met me mee naar een congres?"

"Leuk, is het net zoiets als Mexico?"

"Nou, niet echt. Het is nogal wat kleinschaliger en voor jou inhoudelijk niet echt interessant. Het gaat namelijk over statistiek en

over software en de deelnemers zijn van die saaie statistici en pro-
grammeurs zoals ik. Maar er is buiten de lezingen om genoeg leuks te
doen. Het is in Edinburgh. En behalve dat jij als aanhang alle tijd hebt
voor leuke dingen, wordt er ook wel wat interessants georganiseerd
over Schotland. Maar vooral, wat mij betreft, zijn wij er samen."

"Aanhang, wat druk je dat weer denigrerend uit."

"Goh, wat ben jij pinnig vandaag. En ik heb me zo uitgesloofd
ervoor te zorgen dat de vrouwen mee mogen."

"Ik ben niet jouw vrouw."

"En wat doe je dan in mijn bed?"

"Ha, ha, jij bent de leukste, zeg."

"Kom, laten we ophouden met zo kribbig te doen, zoenen!"

Dit gekibbel was illustratief voor hun relatie. Ze gedroegen
zich steeds meer als een echtpaar. Waar May in het begin van hun
relatie bescheiden en nogal afhankelijk was, nam ze steeds meer
de touwtjes in handen. Dat leidde tot spanningen, mopperen en
ook wel ruzies. Die ruzies maakten ze snel weer goed. Vaak in
bed, waar May ook steeds meer initiatieven nam.

Herbert drong er geregeld op aan dat ze zouden gaan samenwonen.
Dat vond hij gezelliger en ook financieel aantrekkelijk omdat ze
dan maar een huishouden hadden. Hij zei het niet tegen haar, maar
hij wilde het ook omdat hij vond dat ze veel te hard werkte en hij
bang was dat het ten koste van haar gezondheid zou gaan. Als ze
samen woonden, kon hij dat tenminste in de gaten houden en haar
bijsturen. Maar dat was voor May nou juist de reden om apart te
blijven wonen. Ze wilde wat dat betreft volledig haar eigen gang
kunnen gaan. Als ze ruzie hadden, was het meestal omdat Herbert
er wat van zei dat ze tot tegen de ochtend had doorgewerkt, terwijl ze om zes uur al moest opstaan. Dan werd May woedend.

"Bemoei je er niet mee. Mijn proefschrift moet af, dat gaat
nu voor alles. Daarna gaan we wel samen wonen. Hou nou op,
ik doe toch wat ik wil."

Herbert begon dan weer over haar gezondheid, maar het enige
effect was dat ze woedend de deur uitging en riep dat ze nooit
meer terug zou komen.

Dan kwam ze weer deemoedig bij hem en zei huilend dat het haar speet.

"O, Herbert, wat ben ik toch een idioot. Doe me maar weg. Ik hou van je, maar met mij is toch niet te leven."

Gelukkig wisten ze het altijd weer goed te maken.

Het congres was een groot succes. May genoot. Ze had eerst geweigerd om mee te gaan omdat ze geen tijd had, want ze moest aan haar proefschrift werken. Maar Herbert wist haar over te halen, waarna ze zich helemaal overgaf aan dit uitje. Ze waren praktisch nooit samen uit en nu hadden ze een hele week met elkaar. Het gevoel dat ze in Mexico had, kwam weer terug. Ze was opgewekt en wilde alles wel wat Herbert wilde. En hoewel ze had gemopperd dat ze alleen maar de vrouw ván was, liet ze zich die rol met overgave aanleunen en genoot van de privileges die dat gaf. Ondanks haar natuurlijke verlegenheid, ging ze sociaal om met het gezelschap waarmee Herbert optrok.

"Jouw vriendjes zijn wel wat saai, maar toch ook erg aardig tegen mij."

Ze waren met de ferry van Hoek van Holland naar Hull overgestoken. In de bar maakte May kennis met een paar collega's van Herbert. Die speelde met zijn Groningse collega klaverjas tegen hun Utrechtse collega's. May keek geamuseerd toe hoe fanatiek de heren speelden. Ze beloonde de overwinning van Herbert met een zoen. En schrok zelf van haar vrijmoedigheid dat in het openbaar te doen.

Ze hadden een tweepersoonshut voor zichzelf.

"We zijn nooit samen op zee geweest en daarom wil ik dat vieren door de liefde te bedrijven. Wat zeg ik dat mooi, he," zei May uitdagend.

Op de opening van het congres trof May de vrouw van Herberts Eindhovense collega. Daarmee had ze meteen een klik en ze trok verder met haar op. Ze verkenden samen uitgebreid de stad en maakten een bustocht naar de Highlands.

's Avonds aten zij en Herbert altijd samen met andere Nederlandse congresgangers. Herbert had het overdag tamelijk druk. Niet alleen wilde en moest hij een aantal lezingen volgen, maar ook moest hij een dag optreden als sessievoorzitter. May woonde zo'n sessie bij en was vol bewondering hoe hij in zijn beste Engels de sprekers in- en uitluidde.

Op de terugweg troffen ze het slecht doordat het hevig stormde. May was ontzettend zeeziek, zodat ze alleen maar ellende van de overtocht had. Ze was dan ook blij weer aan de wal te zijn.

"Lieve Herbert, ik zag best tegen deze week op, moet ik bekennen. Een omgeving waar ik niemand kende en een week dat ik niet aan mijn proefschrift kon werken. Maar ik heb genoten. Mijn onderzoek was even heel ver weg en dat is goed, even afstand nemen. Je hebt gelijk dat ik niet zo spastisch moet omgaan met mijn proefschrift. Met terugwerkende kracht vraag ik excuus voor mijn gedrag als je mij afremde. Ik zal het voortaan beter doen. Ik hou van je, Herbert."

"En ik van jou. Ik vond het ook heel fijn dat je mee was. Ik was gewoon trots op je, mijn vrouw!"

"Vriendin. Of partner. Maar voordat ik je vrouw ben, moet je me toch nog verder veroveren."

"In bed zeker?"

"Ik zeg niets …"

hoofdstuk 11

De relatie tussen Herbert en May werd steeds beter, vooral evenwichtiger. Terwijl aanvankelijk Herbert leidde en May vooral
volgde, bepaalde zij steeds meer de verhouding. Ze liet nog steeds
veel zaken aan Herbert over, maar eiste een steeds grotere rol op.
Haar onderzoek speelde daarbij een essentiële rol. Ten koste van
heel veel, kreeg dat voorrang. Ze werkte er enorm hard aan. Te
hard vond Herbert, die bang was dat ze zich overwerkte. Maar
hij had het opgegeven haar af te remmen, want dat leidde alleen
maar tot ruzie. Ze was ook al begonnen met schrijven. De inlei-
dende hoofdstukken met de vraagstelling en de literatuurstudie
kregen al aardig vorm. Geregeld besprak ze haar werk met haar
promotor, die zeer opgetogen was over haar conclusies die ze
trok uit de analyses. Bij de analyses bleef ze steunen op Herbert.
Op dat gebied nam ze zijn raad helemaal over. Grappig genoeg
bleven hun besprekingen heel zakelijk. Dat kwam zeker ook
doordat ze die niet thuis, maar alleen maar op het rekencentrum
hielden. Maar Herbert deed het ook goed door haar dan echt als
klant te behandelen.

Ook verder hadden ze het beiden druk. Zij met haar klinische
werk; hij op het rekencentrum. Maar ondanks de drukte, namen
ze ook alle tijd voor zichzelf. Ze gingen zelden of nooit de deur
uit, maar genoten thuis van hun samenzijn.
   Zo hadden ze een evenwichtige verhouding, waarin hun
liefdesband steeds hechter werd.

In de maanden na het congres in Edinburgh gebeurde er niets
bijzonders. Het ging allemaal lekker met May en Herbert en haar
onderzoek vorderde gestaag.

Ook Sanne schoot lekker op. Ze werkte hard aan haar onderzoek en ze ontwikkelde een grote vaardigheid in het maken van

de analyses met de computer. Bij het kiezen van de statistische methoden, leunde Sanne helemaal op Herbert, maar met de uitvoering van de berekeningen kon ze zichzelf goed redden. En zo nu en dan deed Herbert ook wel uitvoerend werk voor haar.

De twee hadden zo een intensief contact en konden het ook buiten het directe werk goed vinden. Herbert vertelde haar vaak over May. Hoe hij van haar hield, maar ook dat hij moeite had dat hij zich niet met haar werkindeling mocht bemoeien. "Maar," gaf hij aan: "Ze groeit ook in onze relatie die steeds evenwichtiger wordt. En daar ben ik blij om."

Sanne had weinig te melden over haar leven. Ze had het druk als arts, werkte keihard aan haar proefschrift en had na het overlijden van haar partner geen behoefte aan een nieuwe verhouding. Ze ging ook nooit uit. "Het leven is zo misschien wat saai, maar ik vind dat best," zei ze.

Net als May was Sanne ook al druk aan het schrijven van haar proefschrift. Haar promotor, prof. Hemstra, las alles wat ze schreef direct en gaf steekhoudend commentaar. Maar ze liet ook alles aan Herbert lezen. Die raakte zo aardig thuis in de nefrologie en was in staat, niet alleen methodologisch, maar ook zinnig medisch commentaar te geven. Wat Sanne erg op prijs stelde.

"Herbert, ik vertel de professor altijd wat jij voor mijn onderzoek doet. Nu het werk zijn afronding nadert, wil hij graag dat wij met ons drieën het hele werk eens grondig doornemen. Hij wil daarbij van jou ook uitleg over de methodologie horen. Wil je dit voor me doen, Herbert?"

"Natuurlijk, maak maar een afspraak."

Het werd een heel intensieve sessie, waar alle aspecten van het onderzoek uiterst kritisch werden doorgenomen. Met zijn drieën wisten ze ook mogelijke oplossingen aan te geven voor enkele nog overblijvende lastige punten. Sanne zou die dan moeten uitwerken, wat weer enig computerwerk met zich mee zou brengen. Herbert zou haar daarbij weer helpen, spraken ze af.

De promotor had het laatste woord.

"Kijk Sanne, als je die punten nog uitwerkt, ben ik tevreden. Dan sta ik er achter dat je het werk indient bij de faculteit om het te laten beoordelen door de promotiecommissie. Ik vind dat je mooi werk hebt verricht. Jou, Herbert, betrek ik graag in mijn waardering. De statistiek die is gebruikt, brengt het niveau van het werk zeker omhoog en daarbij heeft Sanne ongetwijfeld veel aan je gehad. Mede namens de faculteit: dank voor jouw bijdrage."

De instemming met haar werk betekende nog een paar maanden keihard werken voor Sanne. Herbert stond haar zoveel mogelijk bij door snel te lezen wat ze had geschreven. Door een chronisch gebrek aan slaap zag Sanne er doodmoe uit. Om haar nog enige ontspanning te geven, dronk Herbert weleens een borrel met haar als ze weer een drukke bespreking hadden gehad. Ook vroeg hij haar een paar keer te eten. May en Sanne konden het heel goed met elkaar vinden. Met hun proefschriften hadden ze een mooi onderwerp om over te praten. Herbert zat erbij, luisterde en dacht: 'Wat een fijne meiden. Mijn May, maar ook Sanne vind ik heel bijzonder.'

En toen was Sannes boekje klaar en werd het werk goedgekeurd door de promotiecommissie. Sanne was terecht erg trots. Promotor Hemstra vroeg, om zijn waardering te uiten, of Herbert bij de promotie vanuit de zaal wilde opponeren. Herbert was trots, maar ook wat nerveus zo betrokken te worden bij deze plechtigheid. Ook de toch zo stabiele Sanne was erg nerveus voor de promotieplechtigheid. Herbert sprak haar moed in door te zeggen dat zij van het onderwerp van haar proefschrift veel meer wist dan de leden van de 'corona', de kring van hoogleraren die oppositie zouden voeren.

"Je hoeft dus echt niet bang te zijn dat je een vraag niet goed kunt beantwoorden," verzekerde hij haar.

May vond het gebeuren heel interessant.

"Ik ga natuurlijk mee naar de promotie. Dan kan ik zien hoe zoiets toegaat. Tenslotte duurt het niet meer zo lang of ik sta daar ook. Spannend hoor. En jij moet een vraag aan Sanne stellen, hé? O, wee, als je wat moeilijks vraagt en ze het antwoord niet weet," zei ze dreigend tegen Herbert.

"Maak je maar niet ongerust, ik zou nooit naar tegen haar doen. Bovendien is ze zo goed dat ze echt alle antwoorden weet. Heus, ook op mijn vraag."

De promotiecommissie werd door de pedel binnengeleid en daarna de promovendus met haar twee paranimfen, alle drie traditioneel keurig in rokkostuum. De stoel voor de partner, bleef leeg, zag Herbert. Verdrietig. Hij keek Sanne aan en zag dat ze erg gespannen was. Vervolgens werd Herbert uitgenodigd plaats te nemen in de kring van opposanten en zijn vraag te stellen. Hij wist dat zijn taak eigenlijk was de promovendus op haar gemak te stellen. Hij hield dan ook een lange inleiding waarin hij Sanne veel lof toezwaaide. Hij roemde haar gebruik van de statistiek en stelde zijn vraag ook op dat gebied. "Waarom kiest u, in tegenstelling tot vrijwel alle literatuur, voor een niet-parametrische methode?" Hij wist dat zij daar een adequaat antwoord op kon geven, omdat ze daar al eerder over hadden gediscussieerd. En dat deed ze dan ook. Ze kwam door de zenuwen wat moeizaam op gang, maar daarna kwam het antwoord er vlot uit. Dat was ook het geval met haar antwoordden op de verdere opposities.

Na drie kwartier was de promotie afgelopen en sprak haar promotor haar heel lovend toe. De receptie van de jonge doctor was ontspannen. Het feestje was bescheiden. Herbert had het gevoel dat ze het ingetogen hield omdat ze zich zonder partner eenzaam zou voelen. En er waren ook geen ouders of broers en zussen, merkte Herbert. Maar hij wist niets van haar familie.

May nam alles goed in zich op, zodat ze goed zou zijn voorbereid als ze zelf zo ver was. Ze vroeg of Sanne de volgende dag kwam eten om uitgebreid na te praten.

Sanne deed dat en was heel ontspannen, nu alles achter de rug was.

"Gek, he, als het proefschrift is goedgekeurd, kan de promotie niet meer mis gaan. En toch was ik ontzettend zenuwachtig."

"En dat terwijl je altijd rust en zelfvertrouwen uitstraalt."

"Ja, ik verbaasde dan ook mezelf. Maar, ik wilde het zo graag goed doen. Misschien zoeken jullie dat niet zo achter mij, maar ik ben eigenlijk heel ambitieus. Ik heb het er nooit over gehad, maar dat komt denk ik omdat ik geen familie heb. Ik ben enig kind en mijn ouders zijn omgekomen bij een auto-ongeluk toen ik zeventien was. Toen moest ik mezelf redden, zelfstandig zijn, me waarmaken, vond ik. Misschien dat ik als een soort compensatie een nogal wilde studententijd had, althans in het begin."

"Wat erg, wat verdrietig. Wil je erover praten?" vroeg May zorgzaam.

"Nee, het is lang geleden. En ik heb het een plek kunnen geven. En nu?

Er valt ineens een enorme last van me af. Ik heb een paar dagen vrij genomen, maar vraag me nu al af wat ik met die vrijheid moet doen."

"Ga lekker uitwaaien, naar een eiland of zo," suggereerde Herbert. "Jullie vrouwen werken veel te hard. Ik ben voortdurend bezig May af te remmen. Als jij nou kans ziet je te ontspannen, kan ik jou ook als voorbeeld voor May gebruiken."

"Kijk, dat heb je met mannen. Zij weten altijd precies wat goed voor ons vrouwen is. Trek je maar niets van hem aan, ik lijd al genoeg onder zijn bemoeizucht."

"Jij lelijkerd. Ik verwen je te veel. Maak het goed!"

May maakte het goed met een zoen. Herbert schonk de borrels in.

"Nu, lieve Sanne, ik drink op je succes. En ik zeg daarbij dat ik het fantastisch vond met jou te werken. Je pakt de dingen geweldig snel op en ik vond het ook altijd erg gezellig met jou."

"Kijk, nou wil hij mij jaloers maken," merkte May op. "maar dat zal hem niet lukken."

Sanne gaf Herbert als dank voor wat hij voor haar had gedaan, en als aandenken, een door haarzelf gemaakt schilderijtje.

Dat deed ze met een hartelijke zoen op zijn mond. Waarop May verstoord opkeek.

"Ja, schilderen is mijn hobby, op dit moment mijn enige."

"Ik vind het heel mooi. Je hebt echt talent. Het krijgt een ereplaats, hé May?"

Het werd een heel gezellige avond en het werd heel laat. May drong de duidelijk uitgeputte Sanne het logeerbed op. Sanne zei welterusten en omhelsde Herbert daarbij innig en gaf hem een lange zoen op zijn mond.

"Maar jij slaapt bij mij," beet een boze, ook wat aangeschoten May Herbert toe.

Ze kleedde zich uit en ging boos in bed liggen met haar rug naar Herbert gekeerd.

"May, je bent boos, wat is er?"

"Niks,"

"Er is wel wat. Ik moet het weten."

"Hou op, er is niks."

"Nou heb ik genoeg van je narrige gedoe, vertel. Nu!"

"Je zoent haar op haar mond! Steeds weer."

"Zeg toe nou, we zijn vrienden. Dan kan dat toch? Er is echt niets tussen Sanne en mij."

"Ik geloof je niet. Je zoent elkaar toch niet zomaar op de mond."

Herbert slaagde er niet in haar tot rede te brengen. May bleef boos, nog dagenlang.

hoofdstuk 12

Het leven hervatte zijn dagelijkse ritme na Sannes promotie. Sinds de avond met Sanne deed May bepaald wat koel tegen Sanne. Herbert merkte dat wel, maar vond het beter er maar niets van te zeggen. Het zou May alleen maar boos maken.

Iedereen werkte hard en May en Herbert wisten steeds beter het evenwicht tussen hun dagelijkse leven en het werk aan haar proefschrift te treffen. Het schrijven vorderde goed en de concepten werden aan promotor Martijn voorgelegd. Deze was zeer tevreden over haar werk. De data-analyses waren inmiddels voltooid. Herbert had geholpen met de tekst daarover, maar nu was zijn rol bij het proefschrift uitgespeeld. Zo nu en dan mocht hij lezen wat ze had geschreven, maar als hij commentaar gaf, werd ze vaak wat bokkig. Dus hield hij zich maar in. Nog een paar weken en ze kon haar promotie aanvragen. Dan eindelijk was er rust en zou Herbert het gaan samenwonen, en wat hem betreft trouwen, weer oppakken.

Het evenwicht hield ook in dat ze nogal gescheiden optraden. Het proefschrift was van May en hij had zich er niet mee te bemoeien, vond ze. Eigenlijk was het met Herberts werk op het rekencentrum niet anders. Daar betrok hij May ook niet in. "Het is dat ik voor mijn onderzoek de computer nodig had, maar dat stomme ding zegt mij verder niets," verklaarde ze. Dus deed hij zijn werk zonder daarover met May te praten. De samenwerking met Sanne was voorbij, hoewel ze wel contact hielden. Maar er waren natuurlijk nieuwe klanten die zijn aandacht vroegen.

Midden in een druk gesprek met een klant, ging Herberts telefoon.

"Met Herbert Smit," zei hij afwezig.

"O, meneer Smit, met zuster Klaassen van de spoedopvang van het ziekenhuis. Ik heb een vervelend bericht voor u. Uw vrouw is onwel geworden, ze is flauwgevallen. Ze is nu in coma. We zijn bezig haar te onderzoeken, maar weten nog niet wat er aan de hand is. Het lijkt me …"

Herbert sprong al op, verontschuldigde zich bij zijn klant en ging in grote haast naar het ziekenhuis. 'Wat kon er zijn? De zuster klonk erg ongerust. O, God, laat het meevallen. Misschien is ze alleen maar oververmoeid. Dat zou geen wonder zijn bij dat idioot harde werken van haar. Maar de klank in de stem van zuster Klaassen was duidelijk erg bezorgd.'

Hij liep meteen door naar de spoedopvang. Daar lag May, doodsbleek en duidelijk in een diepe coma. Ze kreeg zuurstof toegediend, er waren twee infusen aangebracht en haar lijf zat vol plakkertjes met elektroden. Op het display zag Herbert allerlei alarmmeldingen. Twee artsen en twee verpleegsters waren druk bezig met haar. Ze keken bezorgd. Een van de artsen sprak Herbert aan.

"U bent haar man, neem ik aan? We weten nog niet wat er is, maar we zijn druk bezig dat uit te vinden. Ze viel zo maar flauw op de poli. En ze was eigenlijk meteen al in coma. We moeten nu afwachten wat de onderzoeken ons vertellen. We volgen haar continu, zoals u op het display ziet. En wat we zien, is heel zorgelijk. Gaat u maar bij haar zitten. Dat zal haar vast helpen, want ik geloof dat mensen in coma toch prikkels ontvangen."

Herbert pakte haar hand. May reageerde niet.

Een arts en een verpleegster gingen weg.

"We kunnen nu niets anders doen dan afwachten, maar mijn collega blijft hier," zei de dokter.

De zuster bracht Herbert een kopje koffie. Er gebeurde niets, behalve het tikken van het infuus en meldingen op het display. De dokter ging weg, maar de zuster bleef.

"Hou moed, meneer Smit. Zij vecht en wij vechten voor haar. Heb vertrouwen. Het komt goed."

Uren verstreken. Maar de toestand bleef onveranderd kritiek, begreep Herbert uit het overleg van de artsen, die geregeld de toestand kwamen bekijken en binnenkomende uitslagen van het laboratorium bespraken.

"Dokter, hoe gaat het nu?" vroeg Herbert steeds.

Maar ze konden niets zeggen.

"We weten de oorzaak nog niet. En ook wij kunnen niets anders dan afwachten. Gunstig is dat ze nu iets minder zuurstof nodig heeft dan toen we begonnen."

De zuster, die steeds bij May bleef, drong erop aan dat Herbert even rust nam, even in de kantine ging zitten om wat bij te komen.

"We waarschuwen direct als er enige verandering is, heus," verzekerde ze hem. Het was natuurlijk verstandig even afstand te nemen en hij ging in een hoekje van de vrijwel lege personeelskantine zitten.

Uren zat hij zo. De gedachten maalden wild door zijn hoofd. 'May, May toch, je mag niet dood gaan, blijf bij me. Je bent eens al bijna dood geweest. Toen. Je hebt gevochten en je hebt gewonnen. May, nu mag je niet verliezen. We zijn bij elkaar gekomen en we moeten bij elkaar blijven. O, May, blijf bij me.'

De zuster kwam bij hem.

"Meneer Smit, de toestand met May is nu stabiel. We brengen haar daarom over naar de intensive care. Loopt u met mij mee, dan kunt u weer bij haar zijn."

Ook op de intensive care lag May aan de zuurstof, infusen en allerlei slangen en draden. Ze zag wit als marmer.

"Ze gaat dood, mijn May gaat dood," snikte hij tegen de zuster.

"Het is heel ernstig en de artsen weten nog steeds niet wat het is. Maar u mag niet wanhopen. U moet sterk zijn, ook voor haar. Ze is ver weg, maar in haar onbewustheid weet ze vast dat u er bent. Ik weet dat zeker."

Herbert zat daar, hield haar hand vast. De zuster zorgde ook voor een andere patiënt, maar kwam steeds terug bij May kijken. Ze stond een hele tijd stil, keek strak naar May en luisterde.

"Hoor, haar ademhaling klinkt nu een beetje anders, meer gelijkmatig. En kijk, haar oogleden trillen, of ze die wil openen. Ik haal de dokter."

De dokter stuurde Herbert weg terwijl hij May onderzocht.

"Meneer Smit, de coma is wat minder diep. Maar ze wordt daardoor ook onrustiger. En dat is niet goed. We brengen haar weer in een diepere slaap, zodat het lichaam alle energie kan gebruiken om te herstellen. Gaat u nu maar weg, we zorgen echt goed voor haar en als er iets verandert, waarschuwen we u direct."

Herbert ging weer naar de kantine. Met zijn hoofd op zijn armen snikte hij wanhopig.

"Herbert." Hij schrok op. Sanne stond voor hem.

"Ik hoorde het net van May. Ik kom bij je zitten. Vertel wat er is gebeurd."

Hij vertelde, onderbroken door snikken, wat er was gebeurd. Hij steunde dat hij wanhopig was.

"Ze gaat dood, Sanne, mijn May gaat dood. Dat mag toch niet, maar ik ben zo bang, zo bang, Sanne."

"Niet wanhopen. Ze is een vechter, Herbert, dat weet je. En de artsen hier doen alles voor haar. En ze kunnen heel veel. Ik loop nu langs de intensive care en kom dan terug om te vertellen hoe de toestand is."

Na een kwartiertje kwam Sanne terug. Ze vertelde dat de toestand stabiel was en dat de arts erop vertrouwde dat ze de nacht goed zou doorkomen.

"Kom, Herbert, je kunt nu niets voor haar doen. En je moet je rust nemen om haar te kunnen helpen als ze weer wat opknapt. Ik neem je mee naar huis. Ze weten je heus te vinden als er iets in de toestand verandert. Dus kom mee."

Ze gingen naar het huis van Sanne. In de auto praatten ze nog even na. Maar thuisgekomen, stuurde Sanne Herbert meteen naar bed.

"Je bent emotioneel volkomen uitgeput. En je moet weer sterk en fris zijn als je straks bij May komt. Het logeerbed is opgemaakt, dus je kunt er zo in. Ik moet trouwens al om zes uur op, want ik heb vroege poli. Welterusten."

En ze gaf hem een kus, op zijn mond.

Herbert schrok wakker doordat Sanne bij zijn bed stond en keek of hij wakker was. Ze was naakt.

"Sorry dat ik je wakker maak, maar ik moet even wat kleren pakken. Blijf jij nog maar even liggen. Je hebt je rust hard nodig."

Maar dat wilde hij niet, hij wilde zo gauw mogelijk bij May zijn en kon mooi met Sanne meerijden.

Bij de intensive care werd hij opgevangen door Henriette.

"Wat een schrik! Ik had hier nachtdienst en schrok me rot toen ik zag dat May hier lag. Ik heb steeds bij haar gekeken. Ze heeft een betrekkelijk rustige nacht gehad. Zo nu dan leek ze bij te komen. Dan knipperde ze met haar ogen en steunde zacht. De artsen overleggen nu of ze de diepte van de coma kunnen verminderen en haar misschien zelfs bij brengen. Ga maar gauw naar haar toe. Ze heeft je nu zo hard nodig."

Herbert bleef de hele dag op de intensive care bij May zitten. Zo nu en dan liep hij even wat rond of dronk koffie in de kantine. De verpleging kwam geregeld bij hem om hem te informeren over de toestand van May. De coma was nu minder diep en zij ademde, gesteund door wat extra zuurstof, rustig. De dienstdoende arts vertelde dat ze stabiel was en het dus relatief goed ging. Alleen konden ze nog steeds niet bepalen wat nou de oorzaak van haar probleem was.

Sanne kwam nog even langs om te vragen hoe het ging. Herbert zei dat hij die avond maar weer naar zijn eigen huis ging. Ze zei dat hij altijd welkom bij haar was, maar dat het inderdaad verstandig was in zijn eigen omgeving tot rust te komen. Henriette belde dat ze weer nachtdienst op de intensive care had en hem de volgende ochtend zou vertellen hoe het met May was gegaan.

Om 4 uur 's nachts ging Herberts telefoon.

"Met zuster De Wit van de intensive care. Uw vrouw is heel plotseling minder geworden. U kunt maar beter direct komen."

Herbert schrok zich rot en vloog helemaal in paniek naar het ziekenhuis. De arts van de intensive care vertelde hem dat May opeens achteruit was gegaan. Ze was heel onrustig geworden en ze ademde moeilijk. De bloeddruk daalde dramatisch, de zuurstofsaturatie stortte in. "Kortom, er is sprake van een ernstige crisis," zei hij zorgelijk.

Ze hadden alles gedaan om de toestand te verbeteren, maar er was nog nauwelijks effect waar te nemen.

"We maken ons zorgen, meneer Smit, maar we kunnen nu niets anders doen dan afwachten. Maar ze is een vechter, dat weet u."

Herbert bleef aan haar bed zitten, voortdurend naar haar kijkend. Ze was nu rustig, maar dat kwam doordat ze haar in een diepe coma hielden. Na uren toonde het display uitslagen die de goede kant opgingen. Nog aarzelend, maar het gaf hoop. De zuster sprak Herbert moed in.

"Ze komt terug, de vechter, goddank, we kunnen weer hopen. We gaan de diepte van haar coma nu wat verminderen. Als ze daarop goed reageert, kunnen we met kleine stapjes steeds wat verder gaan."

Sanne kwam langs. Ze nam Herbert mee naar de kantine om wat te eten.

"Je moet goed voor jezelf zorgen, Herbert. Ze heeft jou straks heel hard nodig."

Ze probeerde hem wat af te leiden, hem moed te in te spreken, maar hij was stom van angst voor een slechte afloop.

En toen, om 9 uur die avond, een zucht en May sloeg haar ogen op. Herbert sprong op, streelde haar wang. Ze reageerde, maar praten kon ze niet omdat ze aan de beademing lag. Herbert riep de zuster en die haalde de dokter erbij. Die onderzocht haar. May volgde met haar ogen alle handelingen. En bleef toen Herbert aankijken met haar prachtige blauwe ogen.

"Ik weet niet wat de oorzaak is," zei de dokter, "maar het is fantastisch dat ze zo plotseling opleeft. Allerlei parameters, die haar toestand beschrijven, zijn ook een stuk positiever. We gaan haar nu helemaal bijbrengen en kijken of ze zonder beademing kan. Het is nog afwachten, maar het lijkt erop dat de crisis voorbij is, Het gaat goed komen, meneer Smit."

Terwijl de artsen verder met May bezig waren, ging Herbert naar de kantine. Daar kreeg hij een vreselijke huilbui. Een zuster die toevallig langskwam, was zo lief naar hem toe te gaan om te vragen wat er was. Zo kon Herbert zich uiten, wat een geweldige opluchting gaf.

Toen hij weer op de intensive care kwam, vertelde de zuster dat het goed ging, maar dat ze haar nu een slaapmiddel hadden gegeven om goed te rusten. Herbert ging opgelucht naar huis. Daar belde hij nog uren met Sanne en met Henriette om zijn opwinding kwijt te raken. Ook praatte hij zijn en haar ongeruste ouders bij. Die hadden telefonisch met hem en het ziekenhuis contact gehouden, maar waren op afstand gebleven om Herbert niet lastig te vallen.

Het bleef goed gaan met May en al gauw kon ze naar de verpleegafdeling worden overgebracht. Herbert zat elk moment dat hij vrij kon maken bij haar. De eerste dagen had de uitgeputte May weinig te zeggen, maar al gauw kreeg ze weer praatjes en werd ze, zoals alle artsen, een eigenzinnige patiënt. Het naar huis gaan kon al gauw worden gepland.

De artsen arrangeerden een gesprek met May en Herbert over het hersteltraject.

"May, we zijn er niet achter gekomen wat de oorzaak van jouw ineenstorten is. Het zou best kunnen zijn dat het is gekomen doordat je veel te hard werkt. Jouw baas, collega Martijn, heeft dat ook al aangeven en van u, meneer Smit, hoor ik hetzelfde. Deze collaps mag niet meer gebeuren, collega May. Je moet, ik benadruk: je moet, jezelf meer in acht nemen. Wij houden je onder controle en letten er op dat je niet meteen weer te hard van stapel loopt."

"Maar ik moet mijn proefschrift afmaken …"

"May, nou ben ik even streng. Begrijp je nou echt niet dat er helemaal geen proefschrift komt als je zo doorgaat? Ik ben je behandelend arts en ik verbied je zo hard te werken. Het hoort misschien niet, maar ik zal met Martijn afspreken dat hij erop toeziet dat je je inhoudt. Ik schrijf nu voor: je mag zaterdag naar huis en dan neem je een maand vakantie. In die tijd doe je leuke dingen en mag aan werken niet eens denken. Daarna mag je halve dagen werken en heel voorzichtig wat aan je proefschrift doen. Ik reken erop, meneer Smit, dat u erop toeziet dat ze zich hieraan houdt. Ze is een geweldige vrouw, maar, nu ben ik erg bevoogdend: ze heeft een man nodig die haar in de hand houdt."

"Niet mijn man. We zijn niet getrouwd; we hebben alleen maar een relatie," onderbrak May hem, nogal zenuwachtig.

"Wat een pittige tante ben je toch! Maar je begrijpt me vast wel," besloot de dokter, "laat je door hem vertroetelen."

May trok door hem gedwongen bij Herbert in en vond het heerlijk weer in een eigen, vertrouwde omgeving te zijn. Ze was wel erg moe en liet zich daarom toch wel door Herbert te vertroetelen. Hij begon met haar mee te nemen op een vakantie naar Mallorca. Het was een stille tijd en ze maakten lange wandelingen langs het strand. Als May moe werd, lunchten ze uitgebreid in een van de vele restaurants.

's Avonds zochten ze een klein restaurantje op, aten iets lokaals en dronken een glaasje wijn. May knapte snel op. De eerste avonden viel ze meteen in slaap zodra ze in bed lag. Maar na een paar dagen, wilde ze ook weer seks. En ze genoot er weer van.

Weer thuis, moest Herbert weer aan het werk, terwijl May dat nog niet mocht van de dokter. Ze wandelde veel en pakte haar proefschrift weer op, zonder dat aan Herbert of het ziekenhuis te vertellen.

Daarna mocht ze weer halve dagen werken. En dat ging zo goed dat haar energie weer helemaal terugkwam. En na veel gezeur bij de behandelend arts en haar promotor, begon ze ook weer serieus aan haar proefschrift te werken. Ze legde zo nu en dan wat ze geschreven had aan Herbert voor. Ze accepteerde het dan als hij commentaar daarop gaf. Herbert vond dat May na die enorme inzinking een stuk milder was geworden. Ook thuis was ze veel meer ontspannen. Ze gunde zichzelf de tijd om uit te gaan en om bezoek te ontvangen. Demi was een trouwe bezoekster. Ook Sanne kwam geregeld. Die hielp haar ook met het schrijven van haar proefschrift, wat May graag accepteerde. Toch was ze soms weer jaloers, als Sanne Herbert op de mond zoende als ze afscheid nam.

"Je hebt Sanne toch liever dan mij, zie ik. Neem haar dan, ik red mezelf wel." snauwde ze dan in bed.

Maar alles bij elkaar was May, nu ze zich niet zo overtrokken druk maakte, niet meer zo gespannen.

"Ik ben veranderd, ken mezelf gewoon niet meer terug," zei ze tegen Herbert. "Hou je zo nog wel van me?"

"Ik hou meer dan ooit van je."

hoofdstuk 13

Het proefschrift vlotte goed en begon zijn einde te naderen. Promotor Martijn las alles kritisch en vond dat ze maar tot een afronding moest komen. Een paar kleine aanpassingen nog en dan moet het maar klaar zijn. Hij stond er achter en ging ervan uit dat de promotiecommissie ook akkoord zou gaan.

May was opgelucht en dolgelukkig dat ze zover was. Nog wat laatste loodjes en dan kon ze op voor de promotie. En Herbert was natuurlijk ook blij dat het einde naderde.

"En als ik gepromoveerd ben, gaan we trouwen," beloofde ze.

Bij de laatste loodjes, kon May zich toch weer niet inhouden. Avond aan avond werkte ze tot een uur of twee, drie door, terwijl ze weer om zes uur moest opstaan. Door ongerustheid gedreven, werd Herbert daar woedend over.

"Toe May, ophouden, nu naar bed. Je gaat kapot, net als toen. En dat mag niet gebeuren. Ik smeek je, ik wil je niet verliezen."

Maar een paar uur later was ze nog niet in bed gekomen. Hij ging dan weer naar de studeerkamer.

"Toe May, nu is het echt genoeg, je wordt weer ziek op die manier."

Woedend smeet ze haar behaatje, dat ze uit had gedaan omdat het knelde, naar hem toe.

"Donder op, bemoei je er niet mee."

Herbert hoopte dat, toen het proefschrift gedrukt was, het afgelopen zou zijn met haar drukte. Maar dat viel tegen. Ze bleef enorm onzeker en werkte zich te pletter aan de verdediging tijdens de promotie.

Hij gaf het op en beperkte zich tot het, samen met paranimf Demi organiseren van het promotiefeestje. Waarover hij May niets vertelde.

Daar zat Herbert dan in de overvolle aula op de stoel van de partner. Hij was erg nerveus omdat hij wist dat May dat was. De laatste dagen waren een ramp geweest. May deed niets anders dan mopperen en snauwen. Ook Sanne die haar probeerde te helpen met allerlei praktische zaken kon niets goed doen. Als die vertelde hoe de promotie bij haar ging, wist May altijd wel te bedenken dat het bij haar anders zou gaan.

Sanne ging met haar mee om een rokkostuum te huren voor de plechtigheid. En ze ging mee om een jurk voor het promotiefeest uit te zoeken. En ze zorgde voor een afspraak met de kapper.

Maar nu was het dan zo ver. De paranimfen Demi en Sanne haalden May op en brachten haar naar het academiegebouw. Dan was het in het zweethokje wachten tot het tijd was voor de plechtigheid.

Voorafgegaan door de pedel schreed de 'corona', de opponenten, binnen. En daarna kwam May, begeleid door haar twee paranimfen. Ze had een strak, wit gezicht. Herbert had ontzettend met haar te doen. Maar nu stond ze er helemaal alleen voor. Nog driekwartier en het was klaar. Dan had zijn May bereikt waarvoor ze zo ontzettend hard had gevochten: doctor in de medische wetenschappen.

De eerste vraag kwam van de hoogleraar Hemstra. Die hield een lange inleiding, vast om haar wat op haar gemak te stellen, en stelde een korte vraag. May was even stil, haperde wat en toen kwam het antwoord. Dat deed ze met een zachte, maar vaste stem. Ook de tweede opponent kreeg een adequaat antwoord. Herbert zag dat haar zelfvertrouwen groeide. Hij was zo trots op haar.

En toen kwam de pedel binnen:

HORA FINITA

EIN HERZ FÜR AUTOREN A HEART FOR AUTHORS À L'ÉCOUTE DES AUTEURS MIA KAPΔIA ΓIA ΣΥΓΓΡΑ
HJÄRTA FÖR FÖRFATTARE UN CORAZÓN POR LOS AUTORES YAZARLARIMIZA GÖNÜL VERELIM SZÍV
CUORE PER AUTORI ET HJERTE FOR FORFATTERE EEN HART VOOR SCHRIJVERS TEMOS OS AUTOR
VERZÖINKÉRT SERCE DLA AUTORÓW EIN HERZ FÜR AUTOREN A HEART FOR AUTHORS À L'ÉCOUT
CORAÇÃO BCEЙ ДУШОЙ К АВТОРАМ ETT HJÄRTA FÖR FÖRFATTARE Á LA ESCUCHA DE LOS AUTORI
AUTEURS MIA KAPΔIA ΓIA ΣΥΓΓΡΑΦEΙΣ UN CUORE PER AUTORI ET HJERTE FOR FORFATTERE EEN H
ARIMUN G... V... VERZÖINKÉRT SERCE DLA AUTORÓW EIN HERZ FÜR
SCHRI... ... ...ORAÇÃO BCEЙ ДУШОЙ К АВТОРАМ ETT HJÄRTA FÖR

De auteur

Leo van der Weele is geboren in 1936 in Singapore
en groeide op in het voormalige Nederlands-Indië,
waar hij in een jappenkamp verbleef. Na de oorlog
koos hij voor de hbs b op het Kennemer Lyceum in
Overveen en studeerde vervolgens in Groningen
wis-, sterren- en natuurkunde.
Van der Weele werkte voor de Rijksuniversiteit
Groningen, aanvankelijk als softwareontwikkelaar,
later als adviseur en docent statistiek. Hij was ook
lid van het managementteam.
Hij schreef softwarehandleidingen en -lesmateriaal
en wetenschappelijke artikelen. Hij is medeauteur
van het boek Kleine Statistiek met een Grote
Computer.
Sinds zijn pensionering in 2001 richt hij zich op
fictie. Van der Weeles boek May is zijn zevende
novelle en een vervolg op het eerder verschenen
Congres in Mexico. Onder de titel Tja publiceerde
hij een serie columns.
Leo van der Weele woont in Groningen en heeft
vier kinderen, van wie een is overleden.

De uitgeverij

Wie ophoudt beter te worden is opgehouden goed te zijn!

Op basis van dit motto zoekt uitgeverij novum steeds nieuwe manuscripten! Ondertussen zijn wij in Nederland, Duitsland, Oostenrijk en Zwitserland dé specialist voor nieuwe auteurs.

Elk manuscript dat wij ontvangen wordt gratis door onze redactie beoordeeld.

Meer informatie over onze uitgeverij en over onze boeken kunt u op online vinden onder:

www.novumpublishing.nl

Leo van der Weele

Welterusten kaars

ISBN 978-3-99064-490-4
70 bladzijden

Waar een toevallige ontmoeting op kerstavond toe leidt. Ontluikende verliefdheid, weerstand, levensverhalen bij de open haard.
Met de novelle Welterusten Kaars maakt de 82-jarige Leo van der Weele zijn schrijfdebuut in het fictieve genre.

novum UITGEVERIJ VOOR NIEUWE AUTEURS

Leo van der Weele

Goeiemorgen kaars

ISBN 978-3-99064-641-0
80 bladzijden

Wordt het wat tussen de hoofdpersonen uit de novelle Welterusten Kaars? In de novelle Goeiemorgen Kaars verhaalt Leo
van der Weele over de verwikkelingen: twijfel, ruzie, ervaringen
van een thuiszorger, een opmerkelijke ontmoeting, die tot het
antwoord leiden.

Leo van der Weele

Ik had geen tranen meer

ISBN 978-3-99064-791-2
106 bladzijden

De relatie van wiskundeleraar Peter met Rita, Els en Klaartje, de drie vrouwen in zijn leven, wordt in verschillende periodes van hun leven belicht, in 1964 en 1990. Een interessant levensverhaal over liefde, seksuele aantrekkingskracht en verdriet.

Leo van der Weele

Monopoly in de sneeuw

ISBN 978-3-99064-997-8
100 bladzijden

Twee mannen en een vrouw stranden in de sneeuw in Noord-Groningen. Ze vinden onderdak bij Lieke. Daar vertellen de vier elkaar hun levensgeschiedenis. Met Monopoly in de sneeuw geeft Leo van der Weele een boeiend inkijkje in hun levens, werk en idealen.

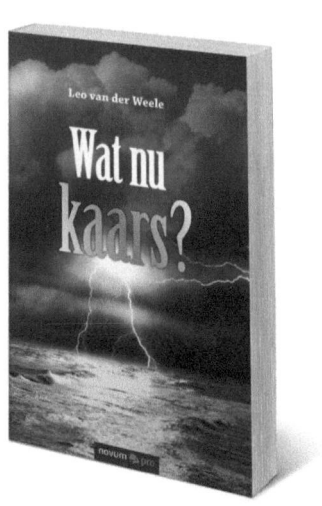

Leo van der Weele

Wat nu kaars?

ISBN 978-3-99107-118-1
72 bladzijden

Wat nu kaars? is de vijfde novelle van Leo van der Weele. Het verhaal is een vervolg op Welterusten kaars en Goeiemorgen kaars. Kan Hanneke haar twijfels overwinnen en toch voor Peter kiezen? Het toeval helpt een handje om tot een happy end te komen.

Leo van der Weele

15 augustus, impact van een Indische jeugd

ISBN 978-3-99107-321-5
56 bladzijden

De Indië-herdenking op 15 augustus vormt de aanleiding tot deze autobiografische terugblik in historisch perspectief. Van der Weele brengt zijn jeugd door in het voormalige Nederlands-Indië, gedeeltelijk in een jappenkamp.

Leo van der Weele

Congres in Mexico

ISBN 978-3-99107-754-1
72 bladzijden

In Mexico is een groot, internationaal congres over longziekten. Statisticus Herbert en longarts May ontmoeten elkaar in deze fascinerende, maar ook chaotische omgeving. Maar vinden ze elkaar terug, weer thuis in het nuchtere Groningen? Wie zet de eerste stap?